目次

※この作品は竹書房文庫のために
書き下ろされたものです。

第一章　夜這《よば》いする未亡人

1

人生に節目はつきものだと、誰が言ったのか忘れてしまった。ただ、自分は今まさに、その節目を迎えているのだ。

「こちらが田倉《たくら》さんのお住まいです」

案内してくれたのは、牝神《めがみ》村の役場に勤める村上瑞奈《むらかみみずな》。総務課の職員とのことで、移住者の世話役も担当しているそうだ。

「へえ……けっこういい家ですね」

田倉聡史《さとし》は感心してうなずいた。県道から脇道に入ったところにあるその家は、事前に確認した写真では、もっと古ぼけて見えたからだ。

築五十年は経っていると思われる、どっしりした構えの日本家屋。二階建てで、庇《ひさし》も屋根も黒い瓦葺《かわらぶ》きであった。

「ええ。問題なく住めるように修繕して、外も中も綺麗にしましたから」

説明する瑞奈は、どこか得意げであった。すべて抜かりなく進めてあると、自信たっぷりのよう。おかげで、新天地に来たばかりの聡史も心強かった。

(この村を選んで正解だったな)

自らの選択が誤っていなかったと確信する。

中部地方の山間に位置する牝神村は、人口二千人足らず。面積こそ広いが、多くを山や森林が占める。次に多いのは農地だ。

風光明媚な土地ながら、観光客を呼べるほどの目玉はない。よって、主な産業は農業と、若干の林業である。

そして、多くの地方自治体と同じく、牝神村もまた、少子高齢化と農業の担い手不足という問題を抱えていた。

そもそも少子高齢化は、この国そのものの課題でもある。労働力不足が深刻なのも一緒で、そのために技能実習生なる制度をこしらえて、海外から多くの人材を呼び寄せたのだ。

ムラ単位でもすることは変わらない。他からの移住者を求めるのである。そういう取り組みをしている自治体はいくつもあり、牝神村もそのひとつだった。

一方、聡史のほうも、自分を変えられる場所を求めていた。

（ここで暮らせば、あいつのことも忘れられるだろう）

脳裏に面影が浮かぶ。聡史は頭をぶんぶんと振って追い払った。

「え、どうかしましたか？」

瑞奈が怪訝《けげん》な面持ちを見せたものだから、「あ、ちょっと虫が」と誤魔化す。幸いにも、怪しまれずに済んだようだ。

できれば思い出したくないその人物とは、彼の元カノだ。

聡史は神奈川県の出身である。大学を卒業すると東京で就職し、独り暮らしを始めた。元カノは同じ職場の二年後輩で、彼女が入社して一年後ぐらいに告白し、付き合い始めた。

それから五年経って、聡史は三十歳になった。年齢的にもそろそろかなと、プロポーズをしようと考えていた矢先に、

『わたしたち、そろそろ終わりにしない？』

唐突に別れを切り出されたのである。到底、納得できるはずがない。聡史は理由を

問い詰めた。

『他に好きなひとができたの』

彼女はそう答え、聡史への愛は冷めたとまで言い切った。

あとは梨《なし》の礫《つぶて》で、メールの返信もなければ着信も拒否される。部屋を訪ねても会ってくれない。取り付く島がないとはこのことだ。

出勤すれば会うことはできるが、さすがに会社内で男女の諍《いさか》いを繰り広げるわけにはいかない。周囲の信用を失うし、何よりもみっともない。

そういう焦《じ》れったい日々が二週間も続いた頃、同僚から彼女についての情報を教えられた。別の会社に勤める彼の友人と、二年前から付き合っているというのだ。

実は、前々からその噂は耳に入っていた。さすがにデマだろうと思っていたが、近頃ふたりの仲がおかしいと悟り、改めて友人に確認してくれたそうだ。

つまり、好きなひとができたというのは嘘で、もともと二股をかけられていたわけである。

そこに至って、彼女への未練はすっぱりなくなった。同じ職場で仕事を続けることにも嫌気がさし、男女の欲望が渦巻く都会で暮らすのも苦痛に思えた。

そこで、三十歳という節目の年でもあり、聡史は新天地を求めることにした。

田舎《いなか》で農業でもしようと、都会とは真逆の暮らしを考えたのは、とにかく自分を変えたい一心からであった。煩《わずら》わしい人間関係に悩まされることなく、自然を相手にのびのびした生活を送りたかった。

聡史は次男坊である。実家も商売などしていないから、継ぐ必要はない。よって、どこへでも行ける。

ただ、農業の経験はない。土を耕して種を蒔《ま》けばいいのだろうと、安直に考えていたところもあった。

ネットでよさそうなところを探していたとき、聡史は牝神村役場のサイトを見つけた。そこには未経験者歓迎とあり、初心者には農業を一から指導するとのこと。住むところも一軒家が用意され、当面の生活費も補助するというから、まさに至れり尽くせりだ。

後継者を求める町村はほかにもあったが、待遇は牝神村が一番だった。

もっとも、コンビニもない辺鄙《へんぴ》なところで、生活は不便を強《し》いられそうだ。けれど、そのぐらいのほうが、田舎に移住した実感を味わえる。聡史は迷いなく、牝神村を第一候補に挙げた。

しかしながら、懸念されるところが無きにしも非ず。それはマスコミでも取り上げられた、村への移住者に向けた掟《おきて》であった。

一、村の一員である自覚を持て
二、村の行事には面倒がらずに参加せよ
三、村民が支え合うための習慣や風習を受け入れよ
四、田舎の生活は都会と異なることを肝《きも》に銘じよ
五、村では村民同士の繋《つな》がりがプライバシーよりも優先される
六、都会よりも濃密な、田舎の人間関係を愉《たの》しむべし
七、自然は厳しく、生活に困難が生じることがあるので、隣近所で必ず協力せよ

この七箇条には、掟などと大仰な名称が添えられていたわけではない。あくまでも注意事項という体であった。

なのに世間の注目を浴びたのは、ここまで明文化した自治体は他になかったからだ。それこそ「掟」という単語を用いて、移住者を縛《しば》りつけるものだと非難する論調が一部のメディアに見られた。

聡史も正直、この七箇条に怯《ひる》んだ。煩わしい人間関係を避けるために新天地を求め

たはずが、その人間関係を重視する約束事だったからである。

もっとも、誰とも付き合わずにいるなんて、そもそも不可能なのだ。むしろ、こうすべきだとはっきり示されているほうが気楽である。要は条文のとおりに行動すればいいのだから。

他と比べても、ここよりも優る条件の自治体はない。聡史は牝神村への移住を決めた。申し込みはすんなりと受け入れられ、会社も円満退社できた。

そして今日、聡史を駅で出迎えてくれたのが瑞奈だった。

『田倉さんですね？　ようこそ、牝神村へ』

歓迎の言葉に続いて自己紹介をされ、笑顔がチャーミングな彼女に、聡史はひと目惚れした。失恋の痛手から早く立ち直りたかったせいなのか。

残念ながら、彼女に恋しても無駄であると、直ちに知ることとなる。左手の薬指に、銀色のシンプルな指輪が嵌《は》まっていたからだ。

瑞奈は人妻であった。

車で村を案内され、家まで送ってもらうあいだに、彼女は自分のことを話した。もともと牝神村の出身で、婿《むこ》養子の夫は県職員だという。彼は遠方の出張所に勤めているため、月に一度ぐらいしかこちらに帰ってこられないそうだ。

肌が綺麗で若々しく、あるいは年下かもと思えば、瑞奈は三十二歳だった。自分から、聡史よりもふたつ上だと打ち明けたのである。

例の七箇条に、村ではプライバシーよりもひととの繋がりが優先されるとあった。彼女が包み隠さず話したのはそのためなのかと、聡史は密かに推察した。初対面で年齢まで明かす女性など、東京ではいなかったからだ。

ともあれ、村内を回ったあと、こうして住まいに案内されたわけである。

「じゃあ、家の中もご覧になってください」

瑞奈が玄関の引き戸をカラカラと開ける。建物は入り口も窓も、近代的なサッシ製に替えられてあった。

（あ――）

先に中へ入った瑞奈の後ろ姿に、聡史は胸を高鳴らせた。

三十二歳の女性役場職員は、仕事着であろうオフィスカジュアルだ。ゆったりしたシルエットのトップスはオフホワイトで、細いストライプ入り。ボトムはベージュのスリムパンツで、踝《くるぶし》が見える丈《たけ》だった。

聡史が心を奪われたのは、生地の薄そうなボトムが張りついた、豊かなヒップラインである。

下側に綺麗な波形を描く丸みは、もっちりした質感が伝わってくる。布地が濃い肌色で、何も穿いてないように見えるためもあるのだろうか。

目を凝らせば、双丘の中ほどに下着のラインが確認できる。くっきりした線ではないから、裾《すそ》がレースになったパンティと思われる。元カノもそういうタイプを好んでいたからわかるのだ。

ただ、ラインの位置からして、割れ目にかなり喰い込んでいるようだ。おしりが大きいから、小さな薄物では包みきれないのか。

年下と思えたほどに若々しくても、たわわな臀部《でんぶ》からは成熟した色気が匂い立つよう。さすが人妻だと、聡史は妙なところで感心した。

同時に、劣情もふくれあがる。女性のパーツに、こんなにも短い時間で惹《ひ》かれたのは初めてだ。

すでに一時間以上も一緒にいるが、ほとんど車の中だった。運転する彼女の下半身には注目しなかったし、そのせいでこんなにも魅力的だったのかと、新鮮な驚きを得たらしい。

瑞奈が靴を脱ぐのに身を屈める。後ろに突き出されたヒップがいっそう迫力を増し、聡史はナマ唾《つば》を呑んだ。

（……いいおしりだな）

すぐにでも裸に剝《む》いて、バックから貫きたい衝動に駆られる。元カノと交際していたときだって、ここまで激しい欲求を抱いたことはなかったのに。

さりとて、本当にそんな狼藉に及んだら大問題だ。移住したばかりの村から追い出されるのは必至である。いや、その前に強制わいせつで通報され、何年も臭い飯を食う羽目になろう。

だが、想像だけなら許される。聡史は脳内でたっぷりした双丘をあらわにさせ、色白の球体を両手で鷲摑《わしづか》みにした。

（きっとモチモチして、たまんないさわり心地だろうな）

手ざわりと弾力を想像し、大いに昂《たかぶ》る。縦割れを左右にくつろげ、羞恥の本体を頭の中で暴くことまででした。

「どうかしましたか？」

訊ねられて我に返る。いつの間にか板の間に上がった瑞奈が、怪訝な面持ちを向けていた。

「あ、ああ、いえ」

聡史は焦り、急いで靴を脱いだ。もしかしたら、いやらしい想像を悟られたのだろうか。

（あ、まずい――）

顔から血の気が引く。いつの間にか膨張した牡器官が、股間にみっともないテントをこしらえていたのである。

訝《いぶか》る瑞奈の視線は、ここを捉えたのかもしれない。背中を向けて靴を揃えるとき、勃起が目立たないようそれとなく角度を調節したものの、頬がどうしようもなく熱かった。

（まったく、欲求不満かよ）

元カノと別れて以来、セックスは一度もしていない。失恋のショックでオナニーの回数も減ったから、日々製造される精子が余り気味だったのは確かだ。

だからと言って、今日会ったばかりの人妻に欲情していいはずがない。しかも、これから世話になるひとなのに。

幸いにも咎《とが》められることなく、奥へと案内される。

「こっちが台所よ」

入って左手側にあったそこは、十畳ほどの広さだろうか。窓側にガス台や流し台があり、その対面には床板を四角くくりぬいた囲炉裏《いろり》があった。天井からは、鍋を吊すための鉤が下がっている。

(こんなものも残っているのか)

実物を目の当たりにするのは初めてだ。

「これって、まだ使えるんですか?」

訊ねると、瑞奈は「そうね」と答えた。

「薪《まき》をくべたら煙が充満するし、火が出て危ないけど、炭火ぐらいならだいじょうぶだと思うわ。だけど、炭を熾《おこ》した経験はあるの?」

「いいえ、ないです」

「だったら、炭の扱いかたを習ってからにしてね。火事になったら大変だし」

素直に「わかりました」と返事をした聡史であったが、妙だなと気づいた。

(村上さん、言葉遣《づか》いが変わってないか?)

よりくだけたというか、教え諭《さと》すみたいな口振りになっている。

こちらが年下だから、不自然というわけではない。けれど、家に入るまでは敬語を使っていた。突然の変化に戸惑いを禁じ得ない。

(まあ、会ってから時間が経ったし、気心が知れたってことなのかも)

親しみの表れなのだと、いいほうに解釈する。

他の水回りは、浴室もトイレも新しくなっていた。風呂は自動給湯だし、シャワーもある。給湯器の燃料は灯油とのことだ。

汚水排水は浄化槽で処理しているとのことで、トイレは水洗である。しかも洗浄器付きだ。光ファイバーでネット環境も問題ないし、家の中では都市部と変わりない生活ができそうである。

（田舎でも便利になってるんだな）

トイレは汲み取りで、風呂は薪で沸かす。古い映画で見たような生活様式を想像していたものだから、聡史は安心した。牧歌的な暮らしに憧れていたぶん、気を殺《そ》がれたのは否定できないが。

玄関の右手側には広い部屋があり、そこが居間のようだ。このあたりでは「おいえ」と呼ぶのだと、瑞奈が教えてくれた。

そこには聡史が事前に送った荷物が、隅に積まれてあった。

「届いたものは全部置いてあるはずだけど、足りなかったら言ってね」

「わかりました」

見たところ、すべて揃っているようだ。そもそも荷物は多くなかった。

家具の類いはほとんどあると言われたので、家電でこちらに送ったのは電子レンジとテレビ、あとはパソコンぐらいだ。実際、居間にはソファーと、型こそ古いがサイドボードもある。台所には中古ながら、冷蔵庫も据え付けられていた。

「この家のものって、前に住んでいたひとが置いていったんですか？」

訊ねると、瑞奈が「全部じゃないわ」と答えた。

「空き家は他にもあって、不要な家具や家電で使えそうなものは、村が引き取って管理してるの。越してくるひとに合わせて入れたから、他に必要なものがあったら言ってちょうだい」

「わかりました。たぶんだいじょうぶだと思います」

「逆に不要なものもあると思うけど、気にしないで。たとえばこれとか」

彼女が天井を指差す。高い位置に吊り棚があり、神棚が載っていた。

「若いひとには神様を拝む習慣なんてないだろうし、外してもよかったんだけど、それもどうかって話になってね。この家を守ってくれるかもしれないし」

確かに、ヘタに手をつけたら罰が当たりそうだ。

「あって邪魔になるわけじゃないですし、おれはべつにかまいません」

「ならいいけど。あと、他にもこの類いのものがあって」

瑞奈が隣の部屋へ移動する。そちらは居間よりも若干狭く、雨戸が閉まっているため薄暗かった。

「これも造り付けだから、手を出せなくてね」

そこにあったのは、かなり大きな仏壇であった。正面の扉が半開きになっており、金箔を貼った内部が見えなかったら、古風な飾り棚だと思ったかもしれない。

「位牌とかは残ってないし、適当に使ってちょうだい」

聡史は「はい」とうなずいたものの、仏壇を他の用途に使うのはためらわれる。扉を閉めて、中が見えないようにしておいたほうがよさそうだ。

一階は、他にもうひと部屋あり、居間と台所以外は畳敷きの和室だった。板の間も近代的なフローリングではなく、黒光りする年代物の床板である。

「あと、二階にも部屋があるんだけど」

居間を見おろす位置に、ロフト状の通路がある。そこへあがる急な階段を、瑞奈が先にのぼった。

(ああ、素敵だ)

魅惑の豊臀が目の高さになり、聡史はまたも劣情を催《もよお》した。

さっきよりもパンティが喰い込んでいる気がする。クロッチ部分の、扇形の縫い目まで見て取れた。

ほのかに甘酸っぱいかぐわしさが感じられるのは、気のせいだろうか。人妻の秘められたところが漂わせる匂いのような気がして、ますますたまらなくなった。

(おれ、ほんとにどうかしちゃったのか？)

これでは肉欲に飢えたケダモノである。元カノに裏切られた反動で、他の女性を強く求めてしまうのか。

ズキズキと脈打つ分身をズボンの上から握り、目立たぬよう位置を直す。階段の上で瑞奈と向き合ったときには、平静を装《よそお》うことができた。

2

二階にはふた部屋あり、階段に近いほうは小綺麗に改装された和室だった。

(ここ、寝室によさそうだな)

畳が新しく、窓も大きくて明るい。カーテン代わりの障子戸越しに朝日を浴びたら、爽やかな気分になれそうだ。

一方、通路の反対側にあるもうひと部屋は、入り口が古めかしい板戸である。そこだけ何も手がつけられていない様子だ。

（改装が間に合わなかったのかな？）

思ったものの、そうではなかった。

建付の悪い戸が開けられ、中を覗けば、そこには古い箪笥《たんす》や書棚、改装時に外したと思《おぼ》しき板や柱が、いちおう整理して置いてあった。

「この家は、持ち主から村が借りているの。いずれは返すことになるから、使わない家具とか建材を残してあるの。要は物置だから入らないでね」

「わかりました」

ひとりで住むのに、部屋は充分すぎるほどある。居間ともうひと部屋で充分なぐらいだし、使えなくても支障はない。

「そう言えば、車も貸していただけるって話でしたけど」

思い出して確認する。地方では公共の交通機関が乏しいため、自家用車が必需品である。

「ええ、村から貸与するわ。軽トラックだけど」

「え、軽トラ？」

「農業をするのに必要だし、村に住むぶんにはそれで事足りるはずよ」

東京ではたまにレンタカーを借りたぐらいで、ほぼペーパードライバーに近い。だが、さすがに軽トラックは運転したことがなかった。

「運転席が高いし、前にエンジンルームもないから、見通しがよくて運転しやすいのよ。あれに慣れたら、普通の乗用車なんて運転したくなくなるわ」

かく言う瑞奈が聡史を乗せていたのは、公用車だというミニバンである。そうすると、彼女も普段は軽トラを運転するのか。

「あと、農業も教えていただけるって話でしたけど、それも村上さんが？」

「ううん。そっちは組合の農業指導員が担当なの。わたしは田倉さんの生活全般を見て、村に馴染めるよう手助けをする役割だから」

この家に来る前に、村役場などの公共施設、組合のストアや給油所、酒屋など、どこに何があるのか案内してもらった。ほとんどは、数少ない平地である村の中心部に固まっていた。

この家は、そこから三キロほど離れた山のふもとにある。村内で買い物をするにしても、車がないと不便だ。村にないものは隣の市まで出かけるか、ネット通販を利用するしかないだろう。

経験のない農業がどれぐらいできるのか、若干の不安はある。けれど、生活の拠点である家は問題ないし、自然が豊かな静かな地で、これから快適に暮らせそうだ。

「他に質問はある？」

「ああ、いえ。特には」

「そう」

うなずいた瑞奈が階段をおりる。聡史はあとに続いた。

(寝室は二階にするとして、一階の仏間は、とりあえず荷物置き場にすればいいか)

位牌などなくても、仏壇のある部屋で過ごしたくない。まして、自分とは縁もゆかりもないお宅のものなのだ。

居間に降り立ったところで、瑞奈が振り返る。真っ直ぐに見つめられ、聡史はちょっと怯んだ。

「ところで、村の移住者に向けた七箇条は、しっかり読んだわね」

「あ、はい」

「ちゃんと理解してる？」

「ええと……そのつもりです」

彼女の口調がキツくなり、聡史は直立不動になった。田舎暮らしは簡単なことではないと、釘を刺されるのかと思ったのだ。

「まあ、いろいろと書いてあったけど、基本的には助け合いと協力の精神が大切だってこと。自分のことだけじゃなくて、隣近所のひとたちや、村全体のことも考えて行動してほしいっていうのが、あの七箇条の趣旨なのよ」

「わかりました」

「そういうわけだから、そこに坐って」

脇のソファーを指差され、きょとんとなる。話の繋がりがさっぱり見えなかったからだ。

「さ、早く」

強い口調で促され、慌てて腰をおろす。すると、瑞奈がすぐ前に膝をついた。

「あああっ」

聡史はのけ反り、たまらず声をあげた。彼女がいきなり股間を鷲掴みにしたのである。

階段をあがるとき、目の前の熟れ尻に反応した分身は、強《こわ》ばりを解いていなかった。平常状態でないのは、人妻の瑞奈には丸わかりであろう。

「ここ、家に入ったときから、ずっと大きいままなのね」

上目づかいで睨まれ、聡史は情けなく顔を歪めた。

(やっぱりバレてたのか……)

玄関をあがるとき、瑞奈が訝る面持ちを見せたのを思い出す。あのときから股間のふくらみを気にしていたのではないか。

しかも、ここにはふたりしかいない。年下の男が誰に欲情したのかも、当然わかっているのだ。

（絶対に軽蔑《けいべつ》されたぞ）

だから言葉遣いも変化したのではないか。自制心のない男を下に見て。

何のために牝神村へ移住してきたのか、不真面目すぎると罵《ののし》られるのを聡史は覚悟した。ところが、しなやかな指が揉むように動き、ズボン越しに牡器官を愛撫しだしたものだから混乱する。

「あ、あの、ちょっと」

腰をよじって逃れようとすると、再び強く握られた。

「あううっ」

聡史はだらしなく呻《うめ》いた。抵抗する意志を奪われ、成り行きを見守るしかなくなる。

「言ったでしょ、村ではお互いに協力することが大切だって。困ったときには、わたしたちは助け合わなきゃいけないのよ」

瑞奈の口調が穏やかなものになる。怒っているわけではなさそうだ。それに、この

状況で助け合うということは――、

(昂奮《こうふん》状態のチンポを慰めてくれるっていうのか？)

いったん高まりからはずされた手が、ズボンの前を開く。

「おしりを上げて」

言われて、すぐさま従ったのは、快楽への期待が瞬時に高まったためだ。だが、ズボンとブリーフをまとめて脱がされ、いきり立つ陽根があらわになると、さすがに恥ずかしくて耳まで熱くなる。

(うう、見られた)

今日会ったばかりの女性の前で、男のシンボルを晒《さら》したのである。

肉色の禍々《まがまが》しい器官に、瑞奈は顔色ひとつ変えなかった。夫のモノを見慣れているのだろうし、そもそも自らあらわにさせたのだ。この程度で怯むわけがない。

「けっこう立派じゃない」

余裕たっぷりに批評し、筋張った筒肉に五本の指を巻きつける。くっきりした快《こころよ》さがからだの芯まで浸透し、聡史は「むふぅ」と太い鼻息をこぼした。

(……おれ、村上さんにチンポを握られてる)

初対面でチャーミングな笑顔に惹かれ、恋に落ちかけた年上女性。そのひとの手が、不浄の器官に触れているのである。

握られた感触から、その部分がベタついているのがわかる。長旅で蒸れていたし、申し訳なかったものの、

「こんなに硬くしちゃって」

瑞奈が唇の端に笑みを浮かべる。嫌悪感を持たれていないようだ。

「このあと、お隣さんへ挨拶に行くのに、お股をギンギンにしてたらびっくりされちゃうでしょ」

「……あの、だからこんなことを？」

訪問するのに失礼だから、昂奮を鎮《しず》めるために処置をするのか。

「それもあるけど、言ったでしょ？　お互いに助け合うことが大事だって」

そう言って、人妻が手を上下させる。強ばりきったものをリズミカルに摩擦し、目のくらむ悦《よろこ》びをもたらした。

(勃起して困ってるだろうから、イカせてくれるっていうのか？)

こんなことにまで、助け合いの精神が適用されるなんて。

「わたしの手でシコシコされるのはどう？」

「す、すごく気持ちいいです」

今にも果てそうな、うっとりした声が出てしまう。実際、早くも爆発しそうになっていたのだ。

「ところで、わたしのどこを見てオチンチンを大きくしたの？」

これには、さすがに返答をためらう。けれど、瑞奈が屹立《きつりつ》の根元を強く握り、

「ちゃんと答えないとやめちゃうわよ」

意地の悪いことを言われて、聡史は折れた。

「あの、おしりを見て……」

白状すると、彼女が納得した面持ちでうなずく。

「やっぱりね。視線を感じたから、たぶんそうだろうと思ってたけど」

ガン見したばかりか、頭の中でいやらしいことも考えたのだ。気づかれるのも当然かもしれない。

「田くら——聡史君って、おしりフェチなの？」

下の名前で呼ばれて胸が高鳴る。一方的に弄《もてあそ》ばれるだけでなく、心も通じ合う間柄になった証《あかし》のように思えたからだ。

「そんなことないです。女性のおしりにここまで惹かれたのは村上さ——み、瑞奈さんが初めてです」

こちらも親しみを込めた呼び方に変えると、人妻が嬉しそうに頰を緩《ゆる》めた。

「だったら、ここに寝てちょうだい」

促されるままソファーに横たわると、瑞奈が胸に跨がる。それも、聡史に背中を向けて。

「だったら、こういうのはどうかしら」

ベージュのパンツに包まれた豊臀が、顔目がけて落下してきた。

「むふふぅ」

鼻から口をまともに塞がれ、反射的に抗《あらが》う。酸素を確保すべく息を吸い込めば、繊維の乾いた匂いに混じって、なまめかしい酸味臭が感じられた。

(ああ、すごい……)

蒸れた趣《おもむき》もあるかぐわしさは、女体の中心にこもる媚香に間違いない。とは言え、彼女はこれを嗅がせるために、大胆な体勢になったわけではなかった。

「これならわたしのおしりをしっかりと感じられるでしょ」

あくまでも、お気に入りの部分を与えるための措置だったようだ。

パンツは生地が柔らかく、もちもちした弾力が遜色《そんしょく》なく伝わってくる。どっしりした重みもたまらない。

さらに淫靡な秘臭も嗅がされて、劣情がうなぎ登りとなる。股間の分身が雄々しくしゃくりあげるのが、見えなくてもわかった。

「ふふ、昂奮しすぎよ」

楽しげな声に続いて、手淫奉仕が再開される。人妻尻との密着感が狂おしいまでの昂りを生み、性感曲線をぐんぐん上昇させた。

(こんなの初めてだ)

行為そのものも、昂奮の度合いも、かつて経験したことのないものだ。

元カノとのセックスは、ごくオーソドックスであった。事前にシャワーを浴びて、裸で抱き合う。互いのからだをまさぐり、オーラルセックスもしたけれど、生々しい匂いを嗅いだことはなかった。

聡史は彼女と付き合う前に、ひとりとしか経験がない。大学時代に、先輩から女のカラダを教えてもらった一回こっきりだ。

よって、元カノが初めての恋人である。最初のセックスも、ほとんど彼女にリードしてもらった。

そのせいで、彼氏彼女の間柄になっても、欲望のままに求めるのをためらうところがあった。こちらが年上だし、がっついたら余裕がない男だと蔑《さげす》まれる気がして遠慮したのである。

もしかしたら、そういう腰の引けた態度が、元カノには男としてもの足りなく感じられたのであろうか。

（他の男を選んだのも、無理ないのかもな）

自虐的になり、落ち込みかけた聡史であったが、顔に乗っていたヒップが数センチほど浮く。

チュパッ——。

舌鼓《したつづみ》の音と同時に、亀頭がはじけるような感覚があった。

「あああっ」

堪えようもなく声をあげる。瑞奈が牡器官に口をつけたのだ。

（洗ってないのに、いいのか？）

そんなためらいも、舌をピチャピチャと躍らされてどうでもよくなる。彼女はしゃぶるだけではなく、指の輪を筋張った筒肉に往復させた。

「うあ、あ、ううう、くはッ」

鼻と口を塞いでいたものがなくなり、呼吸が楽になったぶん、聡史は蕩《とろ》ける愉悦《ゆえつ》にまみれて喘いだ。どうしてこんなことになったのかと、ここに至る経緯を振り返る余

裕もない。それどころか、

(これが都会よりも濃密な、田舎の人間関係なのか!)

などと、例の七箇条をおかしなふうに解釈する始末。

とは言え、村民はお互いに助け合うべきだからと、瑞奈はこんなことを始めたのである。あの掟には、裏の意味があるのではないか。

そんなふうに推察できたのは、そこまでであった。

「あ、ああっ、も、もう」

限界が迫り、聡史は焦った。腰をよじり、脚を暴れさせても、甘美な奉仕は休みなく続けられる。

「駄目です。出ちゃいます」

丸々とした着衣尻をぺちぺちと叩き、降参を訴えても無駄であった。ペニスを強く吸引され、忍耐が四散する。

「あああ、あ、ううッ」

めくるめく歓喜に巻かれて、聡史は射精した。勢いよく噴出するのに合わせて、瑞奈が強ばりを強くしごいたものだから、多量のザーメンが出たようだ。

(ああ、こんなのって……)

異性とのスキンシップが久しぶりということもあって、快感が著《いちじる》しい。体内のエキスをすべて吸い取られた気すらした。人妻の口内を穢《けが》したのに、罪悪感を覚える余裕すらない。

気怠《けだる》さを帯びた下半身が、ビクッ、ビクッと痙攣《けいれん》する。オルガスムスの余韻が長びく中、牡汁を嚥下《えんげ》する喉の音が聞こえた気がした。

3

その晩、聡史はなかなか寝つかれなかった。

引っ越してきた最初の夜だ。馴染みのない土地だし、一軒家にひとりで住むのも初めてとなれば、落ち着いて眠れるはずがない。

寝ている部屋は二階の八畳間である。そこだけなら、広さは東京で住んでいたアパートと変わらない。

だが、他にも部屋があることを考えると、孤独感が募る。広い宇宙に、ひとりだけ取り残された心地がした。

おまけに、外は街灯もない漆黒の闇だ。隣家の明かりも見えない。百メートル近く離れているのだから当然だが。

（……でも、綺麗なひとだったな）

瑞奈から射精に導かれたあと、お隣の三条《さんじょう》家に挨拶で訪れた。この家から少しのぼったところにあるお宅で、対面したのは三十六歳の未亡人、沙月《さつき》であった。

村の介護施設でケアマネージャーをしている彼女は、ちょうど帰宅したところであった。細面の和風美人で、長い黒髪が落ち着いた印象を与える。ポロシャツにジーンズという軽装ながら、成熟した女性の色香が匂い立つようだった。

瑞奈もそうだし、牝神村の女性は実に魅力的だ。聡史は胸がはずむのを覚えた。

しかも、村では困ったときには助け合うのが当たり前だという。昂奮状態を目にしただけで、人妻がペニスを愛撫してくれたぐらいである。お隣の未亡人も何かのときにはいろいろと——などと、つい期待してしまう。

もっとも、ひと好きのする朗らかな瑞奈とは異なり、沙月はいかにもおとなしく、清楚な女性だった。亡き夫に操《みさお》を立て、淫らなことなどいたしませんと、きっぱり断りそうである。

そもそも、助け合うのは性的なことに関してのみではあるまい。今日のアレは特別だったのだ。

沙月は還暦を過ぎた実母とふたり暮らしだという。母も同じ介護施設で調理員をしているとのことだ。

これからよろしくお願いしますと頭をさげると、未亡人は淑《しと》やかな微笑を浮かべ、こちらこそと答えた。介護施設に勤めるぐらいだから、お年寄りをいたわる心優しい女性なのだ。

彼女がお隣でよかったと、聡史は心から喜んだ。それこそ困ったことがあったら、きっと助けてくれるに違いない。

蒲団《ふとん》の中で沙月の笑顔を思い返し、胸が暖かくなる。寂しさも薄らぎ、ようやく眠れそうになったとき、

ヴォー、ヴォー――。

外から不気味な唸り声がしてギョッとする。

(え、何だ⁉)

正体不明のケモノでも現れたのか。恐怖を覚えたものの、不意に思い出した。以前、外来生物を特集したテレビ番組で耳にした鳴き声であると。

(これ、ウシガエルだな)

食用としてアメリカから持ち込まれたものが野生化し、全国に広まったのである。

さすがに東京では鳴き声を聞かなかったし、神奈川の地元も都市部だったから、そういう生き物とは無縁だった。

正体がわかっても、聞き慣れていないから不気味である。外に出たら、テレビで見た馬鹿でかいカエルがうようよいるのかと思うと、背すじが寒くなった。

これから毎晩、この声を聞きながら眠らねばならないのか。転居初日から人妻の淫らな奉仕を受け、さらにお隣が美しい未亡人と知って幸運を噛《か》み締めたのも束《つか》の間《ま》、まさかこんな落とし穴があるなんて。

まあ、このぐらいは我慢しなければなるまい。そのうち慣れるだろう。どうしても眠れなかったら、耳栓を買えばいい。

とりあえず掛け布団を頭までかぶり、聡史は眠ろうとした。そのとき、不快な合唱を響かせていた鳴き声がぴたりとおさまる。

(あれ?)

ウシガエルも眠る時間なのかと思えば、静まり返った戸外から、砂利を踏む足音が聞こえた。誰かが外の道を歩いているらしい。人間が来たものだから、カエルは鳴くのをやめたのか。

だが、時刻は零時近い。都会ならいざ知らず、こんな田舎で夜中に出歩く者がいるのだろうか。

（まさか泥棒じゃないよな）

訝るなり、聡史はまずいと焦った。玄関を施錠していないのを思い出したのだ。田舎だから悪党がいまいと、たかをくくったわけではない。そうするように瑞奈から言われたのである。

『配布する文書とかお届け物とか、村では玄関の戸を開けて、上がり口に置いていくの。だから、鍵はかけないでね』

戸締まりをしなくても支障がないから、みんなそうしているのだろう。犯罪と無縁の村だという証なのだ。

そう信じていたのに、夜中に不審な足音を耳にして、一気に不安がこみあげる。もちろん、足音の主が泥棒と決まったわけではないが。

いや、泥棒でないとすれば、さらに恐ろしい。

（まさか、幽霊――）

オカルトの類いは信じていないのに、からだの震えが止まらなくなる。静寂とは無縁の都会と違い、不気味なほど静まり返った僻地《へきち》にいるから、霊的な存在もあり得る気がした。

そのため、果たして幽霊が足音をたてるのかと、当然抱くべき疑問すら浮かばなかったのである。

カラカラカラ……。

今度こそ心臓が止まるかと思った。聞こえたのは、玄関のサッシ戸が開けられる音だったのだ。

(うわ、入ってきた)

恐怖で縮みあがり、からだがガタガタと震える。聡史は蒲団の中にもぐり込み、息を殺して階下の様子を窺った。

この家は空き家になっていたのを村が借り受け、改修したと聞いた。そこに聡史が住むことになったと、どこまで広まっているのかはわからない。

だが、面積こそ広くても、ひとが住む場所は限られる狭い村だ。東京からの移住者について、大勢が知っているのではないか。

はたして侵入者は、新たな住人がいると承知の上で忍び込んできたのか。それとも空き家だと思い込み、一夜の宿を無断拝借するつもりなのか。前者なら村の人間であり、後者なら通りすがりの旅人ということになる。

いったいどっちなのかと、家の中の気配に五感を働かせる。すると、足音が階段をあがってきた。

（え、それじゃ――）

雨風を凌ぐだけなら、わざわざ二階に来る必要はない。つまり、この部屋で聡史が眠っているのを知っているのだ。

泥棒がいなくても貴重品はそばに置きたいから、財布や通帳、カード類はこの部屋にある。それがやつの狙いなのか。それとも――。

（おれを殺しに来たのか？）

余所者《よそもの》を好まない輩《やから》はどこにでもいる。牝神村は村を挙げて移住者を求めていたが、個人的には許しがたいと考える者がいてもおかしくない。そいつが自分を亡き者にするべく、刃物を手にやって来たのではないか。

身の危険を感じても、聡史は動けなかった。すでに敵は部屋の外まで来ている。他に出入り口はないし、ここは二階だ。絶体絶命のピンチである。

部屋の引き戸が開けられる音がした。

こうなったら、やつがそばまで来たところを狙い、不意打ちを喰らわせるしかない。

敵が怯んだところで、部屋から逃げ出すのだ。

外に出て助けを呼んでも、近くに住んでいるのは三条家の母子のみ。自分で闘うしかなさそうだ。台所に包丁があるなと、そこまで考えたところで、蒲団の脇に立つ人間の気配を感じた。

(よし、今だ!)

掛け布団をバッとはね除けたところで動きが止まる。そこにいたのは、予想もしていなかった人物であった。

「まあ、びっくりした」

常夜灯に照らされたのは、驚きで目を見開いた女性。白い透け透けのネグリジェをまとった彼女は、お隣の未亡人、三条沙月であった。

(え、どうして沙月さんが?)

頭の中を疑問符だらけにしながら、この状況に納得のいく説明を考える。明らかに寝姿だから、寝ぼけて隣の家まで来てしまったのではないか。

(——いや、それはないか)

アパートやマンションで、部屋を間違えるのならまだわかる。ここから三条家までは、百メートル近くあるのだ。夢遊病者ならいざ知らず、こんなところまで来るはずがない。

そもそも、沙月は明らかに目が覚めている様子だ。

とりあえず命を狙われているわけではないとわかり、胸を撫で下ろす。だが、薄暗いオレンジ色の明かりの下、セクシーなナイティは同色のパンティばかりか、乳首まで透かしていることに気がついて動揺する。夕方、訪問したときにはわからなかったが、出るところの出たなかなかのプロポーションだ。

「あ、あ、あの、どうして——」

深夜の訪問の理由を訊ねようとして、適切な言葉が出てこない。それでも意図が通じたらしく、未亡人がさらりと答えた。

「夜這いに来たのよ」

「え、ヨバイ？」

「瑞奈さんから聞いてない？　牝神村には、今でも夜這いの風習があるって」

そんなことは教えられていなかった。おまけに、夜這いの意味を理解するのにも、少々時間がかかる。

(夜這いってあれだよな。女性の家に男が忍び込んで、関係を結ぶってやつ)

学生時代、古文の授業でいにしえの男女関係の持ち方を習ったとき、そんな話題が出たのではなかったか。また、田舎には近代以降もそんな風習が残っていたと、興味本位に取り上げられたのを目にしたことがあった。

なんにしろ、訪問する側は男であり、女性が男の家になんて話は聞かなかった。

「牝神村の夜這いは、女性にしか許されていないの。そこが他とは違うところね。あと、わたしみたいに夫を亡くしているとか、仮に恋人や旦那がいても遠距離で、独り寝が寂しい女が優先されるのよ」

淑やかでおとなしそうな女性というのが、沙月の第一印象だった。清楚なはずの未亡人が、男を惑わす薄物を身にまとい、淫靡な風習を嬉々として語るのは違和感たっぷりである。

それとも、これが彼女の真の姿だというのか。

「だけど、そんな格好で来なくても……誰かに見られたらどうするんですか?」

もっとも、夜道で彼女と遭遇したら、幽霊だと早合点するだろう。仮に人間だとわかっても、色情狂の危ない女だと決めつけるに違いない。

「あら、平気よ。だって、村のひとなら夜這いだとわかってくれるもの。村の人間じゃなければ、夜中にこんなところをうろつかないし」

本当に村民公認の風習らしい。掟にあった『村民が支え合うための習慣や風習を受け入れよ』とは、まさにこのことなのか。

だからと言って、わざわざ露出過多な装いで戸外に出なくてもよさそうなのに。昼間は暖かでも、山間地ゆえ夜は冷えるのである。

（待てよ。夜這いだって？）

それがどういう行為を指すのか、今さら思い至る。深夜に男の家を訪れるのは、肉体の交わりのためなのだ。現に沙月も、独り寝の寂しい女が優先されると言ったではないか。

（じゃあ、沙月さんはおれとセックスするためにここへ——）

聡史は狼狽《ろうばい》した。どうすればいいのかわからなくなった年下の男に、三十六歳の未亡人が頬を艶《つや》っぽく緩める。

「わたし、久しぶりなの。もうずっとしてなかったのよ」

露骨な告白が男女の営みのことだと、訊《き》くまでもなく理解する。ただ、三条家を訪れたとき、夫が五年前に亡くなったと教えられたが、まさかそれ以来ということはあるまい。

（夜這いしたことが、前にもありそうだものな）

相手こそ定かではないが、明らかに慣れている気がする。かつてこの家に住んでいた男とも、関係を持ったのではあるまいか。

聡史は思い出した。沙月と話したとき、夜はどの部屋で眠るつもりなのかと訊かれたのを。単なる世間話のつもりで、二階で寝ようと思っていると、深く考えもせず告げたのである。

あのときから、彼女は夜這いを計画していたのではないか。

沙月が脇に膝をつく。覆いかぶさるように身を重ねられても、聡史は身動きできなかった。どう対処すればいいのか、さっぱりわからなかったのだ。

ようやく反応を示せたのは、股間を柔らかな手で包み込まれたときである。

「うう」

うっとりする快さに、たまらず呻いてしまう。

聡史はTシャツにブリーフのみの格好で寝ていたから、未亡人の手指がほぼダイレクトに感じられた。それから、女体の弾力とぬくみも。湯上がりらしきかぐわしさに、無意識に小鼻をふくらませる。

おかげで、海綿体に血液が殺到した。

「大きくなってきたわ」

膨張する器官を、しなやかな指がモミモミする。悦びがふくれあがり、たまらず身をよじると、沙月が淫蕩に目を細めた。

「聡史さんだってしたいんでしょ」

温かく湿った吐息が顔にかかる。親しみを込めた呼びかけに、聡史は操られるみたいにうなずいた。

(瑞奈さんだけじゃなく、沙月さんともこんなことになるなんて)

もしかしたら、お隣の未亡人とも色めいたことがあるのではないか。密かに期待したのは確かである。

だが、いざそのときを迎えると、嬉しさよりは戸惑いが大きい。本当にいいのだろうかと、思わずにいられなかった。

ブリーフの内側に入り込んだ沙月の手が、強ばりを直に握る。それにより、迷いも惑いも消し飛んだ。

「あ、あっ」

よりくっきりした快感を与えられ、聡史はのけ反って声をあげた。

「すごく硬いわ」

筋張った筒肉に巻きついた指が、漲《みなぎ》り具合を確認する。瑞奈にされたのも気持ちよかったが、沙月はより慈《いつく》しむような握り方であった。

「聡史さん、三十歳でしょ」

「は、はい」

「オチンチンは十代の男の子みたいにカチカチよ」

言われて、頬が熱くなる。しばらく異性とふれあっておらず、欲望が溜まっていたのを指摘された気がしたのだ。

「それじゃ、お姉さんに見せなさい」

沙月が身を起こす。ブリーフに両手をかけると、待ったなしで引き下ろした。

ぶるん──。

ゴムに引っかかった秘茎が勢いよく反り返る。頭部を赤く腫らし、血管を浮かせた凶悪な姿を、年上の熟女に見せつけた。

「素敵……立派だわ」

うっとりした眼差しを牡のシンボルに注ぎ、再び指を絡める未亡人。身を屈めてまじまじと観察し、鈴口にふっと息を吹きかけた。早くも透明な粘液が滲《にじ》んでいたのだろうか。

「さ、沙月さん」

間が持たなくて呼びかけると、彼女が横目でこちらを見る。何も言わずに舌を出し、張り詰めた亀頭粘膜をぺろりと舐《な》めた。

「あああ」

背徳的な歓喜が背すじを伝う。床に就く前にシャワーを浴びたから、そこは汚れていないはずでも、不浄の器官に口をつけられる罪悪感を拭い去れなかった。反面、それが快感を押しあげたのも事実。続いて舌をてろてろと這わされ、身をよじらずにいられない。

(沙月さんが、おれのチンポを――)

昼間は洗っていないそこを、瑞奈からおしゃぶりされたのだ。おまけに精液も飲まれた。

それを知ってか知らずか、沙月も漲り棒を口に入れる。舌をまといつけ、ニュルニュルと動かしながら吸い立てた。

「くおお」

目のくらむ悦びに、おかしな声をあげてしまう。それに気をよくしたのか、彼女の舌づかいがねちっこくなった。

(うう、たまらない)

握り方もフェラチオも、人妻と未亡人では異なっている。どちらがいいというものではない。どちらも気持ちいいのだ。

脈打つ陽根を吸いねぶりながら、沙月は陰嚢《いんのう》も優しく揉んでくれた。中に溜まった精子に、早く出てきなさいと促すみたいに。

　そこまでされれば、ほとばしらせたくなるのが人情だ。

だが、一方的に施しをされるのは居たたまれない。聡史は頭をもたげて手をのばした。彼女の足首を摑み、引き寄せる。

　それだけで、何を求められたのか察したらしい。未亡人は強ばりを口に入れたまま、ネグリジェの裾をたくし上げた。

　成熟した腰回りを包む純白の下着。おしりを浮かせてそれを脱ぐと、すべてをあらわにした下半身で聡史の胸を跨いだ。

　昼間、瑞奈にもされたシックスナインのポーズ。あのとき、彼女は脱がなかったけれど、今は目の前に剝き身の羞恥帯がある。

（ああ……）

　感動の対面に、胸が震える。もっとも、常夜灯のみでは明かりが足りないし、影になっている。恥叢《ちそう》も濃い目であった。

　そのため、女芯の佇《たたず》まいはほとんどわからない。けれど、目の前に美女の性器があると考えるだけで、劣情が際限なくこみあげた。

　見えないのなら、せめて味わいたい。沙月が腰をおろすのを待ちきれず、聡史は両手で丸みを掴むと、自らのほうに引き寄せた。

彼女が咎めるように屹立を吸いたてる。男の力には抗いきれず、ヒップが牡の顔面に落下した。

「むふぅ」

柔らかなナマ尻と密着し、一瞬で官能の心地にひたる。モチモチした感触もさることながら、鼻面《はなづら》がめり込んだ陰部の、得も言われぬかぐわしさにうっとりした。

着衣越しに嗅いだ瑞奈のそれより、沙月のほうは清楚な趣である。役場職員の人妻は仕事中だったし、汗や様々な分泌物を股間の布地が吸っていたのだろう。

未亡人のほうは入浴後のようで、石鹸の残り香が多くを占めている。しかし、蒸れた乳酪臭の成分も含まれていた。年下の男に夜這いをかけることに、昂っていた証ではないのか。

（これが沙月さんの――）

一見淑やかな美熟女の、本性を暴いた気がして昂奮する。矢も盾もたまらず舌を出し、繁茂する縮れ毛をかき分けて、恥割れに差し入れた。

「くぅう」

沙月が小さく呻き、陰部をすぼめる。温かな蜜が膣からトロリと溢れた。

(やっぱりその気になってたんだ)

情欲を募らせた肉体は、牡を受け入れる準備を整えていたのだ。そのため、わずかな刺激で、溜まっていたものがこぼれたのである。

粘りと甘みのあるそれをぢゅぢゅッとすすり、秘穴に舌を侵入させる。狭い入り口がせわしなくすぼまり、ナマ尻が切なげにわななないた。

(ああ、美味《おい》しい)

もっちり臀部を両手で揉みながら、未亡人の淫芯をねぶる。敏感な肉芽を探すと、成熟した下半身がガクンとはずんだ。

「ふはっ――」

肉棒を吐き出し、裸の下半身をワナワナと震わせる。狙っていたところをどんぴしゃりで捉えたらしい。

(よし、ここだな)

尖《とが》らせた舌先で、フードに隠れている肉芽を探ってはじく。「あ、あッ」と鋭い声がほとばしり、尻の谷が閉じたり開いたりした。

「イヤイヤ、そ、そこぉ」

お気に入りのポイントであると白状し、沙月が歓喜にすすり泣く。

男との戯《たわむ》れがどれぐらいぶりなのかわからない。だが、聡史が越してきた初日に夜這いをするぐらいである。したくてたまらなくなっていたのは間違いあるまい。

ならば、まずはクンニリングスでイカせてあげようと、舌の動きを活発にする。

「あ、はっ、あひッ、いいいい」

喘ぎ声が夜の静寂を破る。与えられる悦びに抗いきれない様子で、未亡人は半裸の肢体を波打たせた。

（ああ、すごく感じてる）

年上の女性をよがらせることで、男としての自信がふくれあがる。もっと乱れさせたくて、ふくらんできたクリトリスを強く吸いたてた。

「くううう、そ、それいいッ。もっとぉ」

好みの愛撫に、沙月が呼吸を荒ぶらせる。鼻の頭がアヌスに当たっており、そこがヒクヒクと収縮するのもわかった。

彼女は昇りつめたいのだと思っていた。ところが、そうなる前に、再び牡の漲りを頬張ったのである。

チュパッ――。

舌鼓を鳴らし、頭を上下させる。唇をすぼめ、筋張った筒肉をせわしなく摩擦した。

「むふふふふぅ」

急速にこみあげるものを感じ、聡史は鼻息をふきこぼした。

フェラチオが中断され、高まった射精欲求が落ち着いたと思っていた。ところが、たちまちさっきの位置まで上昇したのである。

(ああ、まずい)

このままでは彼女が絶頂する前に、こちらが果ててしまう。それでは男としてだらしない。

聡史は自らの上昇を抑え込んだ。桃色の尖りに舌先を当て、高速で律動させる。これで逆転したつもりだった。

ところが、しなやかな指が牡の急所を優しく刺激したために、努力が無になる。くすぐったい快さで、性感曲線が上向いたのだ。

「むっ、ううっ、うぐぅうう」

腰が意志とは関係なくバウンドする。その動きが沙月の唇ピストンと同調し、快感がいっそう深くなった。

(そんな……どうして――)

男を求めて、夜中に自ら忍んできたのである。だったら素直にイカされればいいのに、どうして抵抗するのだろう。

あるいは、年下の男に導かれるのは、プライドが許さないのか。しかし、十代や二十代の若者を相手にしているわけではない、聡史は三十歳と、いい大人なのだ。対抗心を燃やす必要はあるまい。

もしかしたら、沙月は男を弄び、征服することに愉悦を覚えるのかもしれない。そのため、自身の快楽を後回しにして、まずは村の新参者を手なずけることにしたのだとか。今後も関係は続くのだから、主導権を握るために。

そんなことを考えるあいだにも、聡史は頂上に接近した。いよいよ危うくなり、柔らかヒップを叩いて降参しても、屹立の口ははずされなかった。

それどころか、いっそう強く吸引し、玉袋もモミモミする。

（ああ、もう駄目だ……）

目の奥に快美の火花が散り、頭の中に霞《かすみ》がかかる。聡史は鼻息をフンフンとこぼしながら、めくるめく瞬間に身を委《ゆだ》ねた。その直後、

「むふッ！」

腰をガクンと跳ねあげて射精する。熱いエキスが蕩ける悦びを伴い、尿道を幾度も通過した。

（ああ、すごく出てる……）

瑞奈の口にも、たっぷり放精したあとだというのに。

未亡人の舌が回る。次々と放たれるものを巧みにいなしながら、過敏になった亀頭粘膜をねぶった。

おかげで、聡史は最後の一滴まで気持ちよくほとばしらせた。顔におしりが乗ったままだったので、息がかなり苦しかったが。

「むううう」

呻いて身をよじると察してくれて、沙月が腰を浮かせる。ペニスも解放すると、気怠げに身を起こした。

「ふは……はあ――」

暗い天井を見あげ、聡史は胸を上下させた。絶頂後の気怠い余韻の中、いったい何が起こったのかと、記憶が混乱するのを覚える。ここがどこなのかも一瞬わからなくなった。

（……おれ、牝神村に来たんだよな）

農業に人生を捧げ、失恋を乗り越えるつもりでいたのに。初日からこんなことになるなんて、どこで間違ったのだろうか。

「気持ちよかった？」

沙月が顔を覗き込んでくる。聡史は「はい」と、馬鹿みたいに単純な返事をするので精一杯だった。

「美味しかったわよ、聡史さんの精液」

艶っぽい笑みを浮かべての報告に、頰がどうしようもなく熱くなった。

第二章　山の上で乱れる人妻

1

射精して萎《な》えた秘茎を、沙月が丹念にしゃぶってくれる。同時に陰嚢も優しく愛撫された。

おかげで、聡史は時間をかけることなく復活した。

「次はわたしを気持ちよくしてね」

未亡人がネグリジェを脱ぎ、一糸まとわぬ姿になる。魅惑のヌードに、彼女とひとつになりたい気持ちが一気にふくれあがった。

(今度こそ沙月さんを満足させなくっちゃ)

交わりを求めたのだから、彼女のほうもイカせてほしいはず。その期待に応えるべく、分身を雄々しく脈打たせる。

交替して、沙月が蒲団に仰向《あおむ》けで寝そべる。両膝を折り畳んで開き、結ばれるためのポーズを取った。羞恥帯を大胆に晒され、頭がクラクラする。

（沙月さん、いやらしすぎるよ……）

夜這いの風習が現代まで残るぐらいなのである。村そのものがセックスに関しておおらかというか、開放的なのだろうか。

「さ、来て」

両手を差しのべられ、聡史は急いでTシャツを脱いだ。同じく全裸になり、彼女の腰を挟むようにして膝をつく。

薄明かりは変わらずとも、今度は天井から照らされているから、秘められたところの佇まいがいくらか確認できる。クンニリングスの名残で湿った陰毛の狭間《はざま》に、肉色の花弁が覗いていた。

濡れ光るそこは、窪地に白く濁った蜜を溜めている。卑猥な眺めに劣情を滾《たぎ》らせ、聡史は反り返るモノを前に傾けた。ふくらみきった亀頭で、濡れ割れをクチュクチュとかき回す。

「くぅーン」

愛らしく啼《な》いた未亡人が、艶腰をブルッと震わせる。蕩けた眼差しで聡史を見あげ、

「挿《い》れて」

待ちきれないという声音でおねだりした瞬間、牝口がキュッとすぼまった。

「はい」

返事をして、腰を前に出す。最初は角度が浅くてすべったが、二度目の挑戦で分身は膣口にはまり込んだ。

「はあ――」

強ばりを送り込むと、沙月が深い息をつく。ねっとりした柔ヒダが、離すまいとするかのごとく筒肉にまといついた。

(うう、気持ちいい)

元カノと別れて以来のセックスだ。瑞奈と沙月にフェラチオはされたが、性器で繋がるのはそれ以上に快い。深く結ばれたことによる一体感も、悦びを高めてくれるようだ。

「あん……おチンポおっきい」

卑猥な台詞《せりふ》を口にして、未亡人が濡れた目で見あげてくる。妖艶《ようえん》な面差しに引き込まれ、聡史は女体に重なった。

「ああ」

感動の声が自然と洩《も》れる。なめらかな肌が吸いつくようだ。熟れたボディの、包み込んでくれるような柔らかさもたまらなかった。

喩《たと》えれば、巨大なビーズクッションに抱きついた感じに似ているが、それ以上に心地よい。おかげで、イチモツが雄々しく脈打つ。

「元気ね」

艶っぽい笑みを浮かべた沙月に、頭をかき抱かれる。気がつけば、ふたりの唇がぴったりと重なっていた。

(沙月さんとキスしてる……)

うっとり気分がいっそう高まり、舌を戯れさせる。深く絡ませ、温かな唾液を交換することで、一体感も強くなった。

ピチャッ――。

重なった口許《くちもと》から水音がこぼれる。それを耳にしたことで、下半身の快感もほしくなった。そちらもいやらしい音を立てるほど、激しく交わりたくなる。

くちづけをしながら、聡史は腰を振った。蜜窟を猛《たけ》るモノでかき回し、甘い痺れを伴った快さにひたる。

「ん、ンっ、うう」

沙月は切なげに呻きながらも、聡史の口内を舐め回した。募る悦びを、キスで誤魔化すみたいに。

だが、とうとう息が続かなくなったらしい。

「ふはっ」

頭を振ってくちびるをはずす。リズミカルになったピストン運動に反応し、「イヤイヤ」とよがった。

「か、感じる……あああっ」

目を閉じて、享楽の面差しを見せる。もっと突いてとねだるように、掲げた両脚を牡腰に絡みつけた。

一途に求められて、聡史も発奮した。腰を真上から叩きつけ、蜜窟を深々と抉《えぐ》る。

「あ、あ、それいいッ」

歓迎する嬌声に、
ぢゅぷ……クチュ——。

と、交わる部分がこぼす音が、煽情《せんじょう》的な色を添えた。

(うう、気持ちいい)

聡史もセックスの悦びにどっぷりとひたった。敏感な器官を濡れヒダに摩擦されるのも快いが、美熟女と肌を重ね、深く繋がることで心情的にも満たされていた。

（村へ来たばかりなのに、立て続けにいい目にあってるな）

なんて素晴らしいところなんだろう。感激すると同時に、牝神村を選んだ自身の選択眼を誇らしく思った。

それが男としての自信にも繋がる。力強い腰づかいで、熟れボディを責め苛《さいな》んだ。

「ああっ、あ、ヘンになっちゃう」

早くも頂上が近づいたのか、沙月が面差しを淫らに崩す。「あうあう」と、喉を詰まらせ気味にすすり泣いた。

（おれ、女性をこんなに感じさせているんだ）

元カノとの交わりでも、喜悦の声を耳にした。だが、動きや角度を細かに指示されることも多く、言われるがままという印象を拭い去れなかった。

今は自らの判断で抽送《ちゆうそう》し、未亡人を乱れさせているのである。本物の男になれた気がして、聡史はますます調子づいた。是が非でも彼女をイカせたいと、熱意を込めて漲り棒を送り込む。

「だ、ダメ……もうイッちゃう」

五分と経たずに、沙月は歓喜の極みへ至った。セックス自体が久しぶりで、男に抱かれるのを待ちわびていたためもあったのだろう。

せっかく捉えた絶頂を逃さぬよう、リズミカルなピストンに徹する。

ぢゅッ、ぢゅッ、ちゅぷ——。

蜜壺がこぼす猥雑サウンドに気分を高め、まといつくヒダの心地よさにも酔いしれる。聡史自身も危うくなりそうだったが、その前に沙月がオルガスムスを迎えた。

「いいいい、イクッ、イクッ、くふぅううううっ！」

喉からアクメ声を絞り出し、しなやかなボディをビクッ、ビクッとわななかせる。

膣口がキツくすぼまり、出し挿れされる筒肉を締めつけた。

おかげで、忍耐が弱まりそうになる。

(——まだだぞ)

さっき射精したばかりなのだ。青くさいエキスを飲んでくれた優しさに報《むく》いるためにも、まだまだ奉仕せねばならない。

細かな痙攣を示す女体を、緩やかな抽送で癒やす。「うっ、うう」と呻いた沙月が、間もなく四肢を投げ出した。

「ふはっ、ハッ、はあ……」

大きく息をつき、瞼《まぶた》を閉じた美貌に陶酔を浮かべる。聡史は静止すると、汗ばんだひたいに張りついた髪をそっと剝《は》がした。

間もなく、彼女が目を開ける。

「とってもよかったわ」

堪能したという口振りに、聡史も満足した。

余韻を愉しむみたいに、未亡人が身をくねらせる。受け入れたモノの状態を確かめようとしてか、内部が蠕動《ぜんどう》した。

「聡史さん、まだ出してないのね」

牡のシンボルが力強いままなのに気がつき、恥じらった笑みをこぼす。緩んだ頰に、新たな期待が滲んでいるかに見えた。

「はい。もっと沙月さんを感じさせたいので」

「いい子だわ」

年上ぶった物言いが、耳に心地よい。無条件に甘えたくなった。

熟女の両脚が、再び聡史の腰に絡みつけられる。頭もかき抱かれ、くちづけを求められた。

「ン……んふっ」

沙月が小鼻をふくらませ、舌をほしがる。年上らしくない一途さに、愛《いと》しさがこみあげた。

(これから毎晩、夜這いされるのかも)

成熟した肉体は、毎夜でも男に抱かれたいのではないか。村の掟である以上、聡史は求められたら受け入れねばならない。

仮に掟として定められてなくても、拒むつもりはなかった。むしろ大歓迎だ。

互いの唾をたっぷりと飲みあってから、唇が離れる。頬を赤らめ、うっとりした面差しの沙月は、たまらなく綺麗だった。

「また気持ちよくしてくれる?」

「はい」

「わたし、幸せだわ」

目を潤ませての感激に、逞《たくま》しい怒張で応える。最初はスローな出し挿れで、ぐっ、ぐっと深く抉った。

「おおお」

彼女が低い喘ぎをこぼす。肉体の中心に近いところで感じているふうだ。

「も、もっとぉ」

遠慮のない求めに応じて、聡史は力強いブロウを繰り出した。

2

プップッー！

やけに甲高《かんだか》いクラクションの音で目が覚める。障子戸に遮られた部屋を陽光が照らし、室内は明るかった。

（——あれ、ここはどこだ？）

住み慣れたアパートと異なる眺めに、一瞬混乱する。東京から遠く離れた田舎に越したことをすぐさま思い出し、（あ、そうか）と納得した。

同時に、昨晩の記憶も蘇《よみがえ》る。お隣——とは言っても、だいぶ離れているが——の未亡人に夜這いされ、甘美なひとときを過ごしたのだ。

時間の経過も忘れて快楽を貪りあい、最後は彼女の奥に長々と精を放った。あんなに気持ちのいいセックスは、初めてだった。

（沙月さん……素敵なひとだな）

コトのあと、精も根も尽き果てたごとくぐったりとなった聡史に、沙月は優しくキスをしてくれた。それから着ていた薄物を手に持ち、部屋を出て行く。もしかしたら、裸で自宅に戻ったのだろうか。

聡史はそのまま寝てしまった。昨日だけで三度も射精して、疲れていたせいもあったろう。寝ついた時刻は確認していないが、午前二時近かったのではないか。

ぐっすり眠ったおかげか、股間は力を取り戻している。いきり立った分身が、浅ましい脈打ちを示した。

(ああ、すごく勃《た》ってる)

いつになく著しい朝勃ちにあきれつつ、猛るモノを握れば、荒淫の名残でベタついていた。シャワーも浴びずに眠ったのだから当然である。

蒲団の内側にも、男女の汗と体液の匂いがこもっている。それを嗅いで悩ましさが募り、オナニーをしようかと考えたとき、階下で物音がした。玄関の戸が開けられたようだ。

(ひょっとして、沙月さんが?)

夜這いでは飽き足らず、昼這いまでするつもりなのか。だったらもう一度彼女の中にほとばしらせたい。

ところが、断りもなく家に入り、階段をあがってきた人物は、隣の未亡人ではなかった。

「あら、まだ寝てたの？」

部屋の戸を開けるなり、あきれた顔を見せたのは、役場職員の瑞奈であった。

「わわわ」

焦って飛び起きようとした聡史であったが、自身が素っ裸であることに気がついて、どうにか思いとどまる。掛け布団でからだを隠し、身を固くした。

「もうお昼を過ぎてるのよ。新しい環境で疲れたのかもしれないけど、農業は早起きが基本なんだからね。こんなことじゃ困るわ」

お説教をされ、「すみません」と肩をすぼめる。

そのとき、彼女が鼻を蠢《うごめ》かし、訝るように眉根を寄せた。セックスの残り香を嗅がれたのかと、聡史は気が気ではなかった。

幸いにも問い詰められることなく、沙月が手短に用件を告げる。

「今日も村を案内するから、すぐに来てちょうだい。下で待ってるから」

「あ、はい」

「それじゃ」

引き戸が閉められ、階段をおりる足音が聞こえる。素っ裸で寝ていたことはバレなかったようで、聡史は胸を撫で下ろした。

(ていうか、急がなくっちゃ)

蒲団から出て、ブリーフとTシャツも探す。それらは畳の上に散らばっていた。

(待てよ。瑞奈さん、これを見たんじゃ――)

裸を見られなくても、脱いだ下着が目に入れば、どんな格好なのか丸わかりである。彼女が眉をひそめたのは、そのためもあるのではないか。

瑞奈にはペニスを見られ、フェラチオをされてザーメンも飲まれた。裸で寝ていたのを知られるぐらい、今さらどうということはない。

しかし、そればかりではなく、昨夜あったことのすべてを人妻に見抜かれている気がする。

(いや、まさか――)

そんなことはないかと思いつつ、疑念を完全には打ち消せない聡史であった。


とりあえず身支度を整え、急いで外に出る。軽トラックが停まっており、運転席にいたのは瑞奈だった。

「すみません。お待たせしました」

謝って、助手席に乗り込む。彼女は小さくうなずくと、すぐに車をスタートさせた。

（へえ、けっこう眺めがいいんだな）

聡史はなるほどと感心した。昨日、瑞奈が言ったとおりだ。運転台が高い上にエンジンルームがなく、進行方向が広く見渡せたのである。

唯一、シートが硬めなのが欠点か、だが、本当に運転しやすそうだ。

「それ、食べていいわよ」

県道に出たところで、瑞奈が唐突に言う。

「え？」

「起きたばかりなら、何も食べてないんでしょ」

見ると、ベンチシートのふたりのあいだに、紙袋が置いてあった。開けてみると、アルミホイルで包まれた丸いものがふたつ。どうやらおにぎりらしい。

途端に、胃が空腹を訴えた。

「すみません。いただきます」

遠慮なくひとつを取り出し、アルミホイルを剝く。やはりおにぎりで、全体に海苔《のり》が巻かれていた。磯《いそ》の香りが食欲をそそる。

さっそくかぶりつくと、中は白米。ほんのり塩気が感じられた。

「これ、すごく美味しいです」

空腹であることを差し引いても抜群だったのだ。感激をストレートに告げると、瑞奈が運転しながら微笑する。

「でしょ？　村で穫れたお米なのよ」

「そうなんですか」

山間の地で土壌が豊かであり、水も綺麗に違いない。昨夜、蛇口をひねって飲んだ水も、冷たくて美味しかった。

そういうところで収穫された米だから、こんなにも味がいいのだろう。

さらにひと口、ふた口と食べ進めると、真ん中に梅干しが入っていた。食べやすいように種が抜かれたそれも、程よい塩気と酸っぱみが、舌を心地よく刺激する。梅そのものの風味も豊かだ。

「この梅干しも、村で作られたものなんですか？」

「村でっていうか、自家製ね。ほら、お隣の三条さんチの、沙月さんのお母さんが漬けたものなの」

「え、そうなんですか？」

「三条さんの家には、梅の木があるのよ。たくさん作ってるから、わたしも毎年いただいているの」

教えられ、なるほどとうなずく。ただ、沙月の名前が出たことで、ちょっぴり動揺した。

（ということは、このおにぎりは、おれといやらしいことをしたふたりの女性が関わっているということか）

梅干しを作ったのは沙月本人ではなくても、無関係ではない。梅の収穫を手伝った可能性だってあるのだ。

そう考えると、鳩尾《みぞおち》のあたりにモヤモヤが広がる。

瑞奈は昨日、着衣尻を聡史の顔に押しつけ、フェラチオまでしたのである。なのに、ごく自然に振る舞っていることも、今さら気になった。

（って、何を考えてるんだよ）

彼女は仕事で来ているのだ。蒸し返すべきではない。雑念を振り払うべく、しっかりと味わって、おにぎりをひとつ平らげる。

袋の中には、もうひとつあった。満腹になっていないし、全部食べたかったものの、待てよと思い直す。

「これって、瑞奈さんのお昼ご飯じゃないんですか？」

運転中の人妻に訊ねる。それを分けてくれたのだとしたら、すべて食べるわけにはいかない。

「ううん。わたしはもう済ませたわ。それは聡史君のぶん。引っ越し疲れで昼まで寝てるだろうし、お腹が空いてるかもと思って持ってきたの」

なんと、移住してきたばかりの男を気遣い、わざわざこしらえてくれたのか。

「すみません。ありがとうございます」

「だから全部食べていいわよ。イヤじゃなかったら」

「イヤだなんて思いません。こんなに美味しいおにぎり、初めてです」

特に下手に出ているつもりはないが、言葉遣いが自然とへりくだる。たった二歳しか違わないのに、瑞奈の前ではずっと年下の、それこそ二十代の若者に戻った気にさせられるのだ。

彼女も見た目は若々しいのである。あるいは、人妻の優しさと包容力が、そんな心境にさせるのだろうか。

ただ、おにぎりが美味しいのはお世辞ではなく、紛《まご》う方なき事実だ。もうひとつのホイルも剝いてかぶりつき、たちまち胃に収めてしまった。

「ご馳走さまでした」

両手を合わせると、瑞奈が「どういたしまして」と答える。ひと心地がついて前方を眺めれば、軽トラは山のほうに向かっているらしかった。

「今日はどこへ行くんですか？」

「農地よ」

「え、農地？」

「聡史君に耕作してもらう、畑や田んぼを見ておいてもらおうと思って」

そう言えば、家の周りには田畑がなかったのだ。牝神村には農業の後継者になるために来たのであり、どこで仕事をするのか疑問だったのである。

（そうすると、山のほうで米や野菜を作ることになるのか）

村のホームページに、山の斜面を利用した階段状の田んぼ――『棚田《たなだ》』とキャプションがつけられていた――の写真があった。ひとつひとつが小さめで、農機も入らなさそうだし、素人目にも作業が大変そうだと見当がついた。

もっとも、聡史は初心者である。いきなり広い田んぼを機械で耕作するのは難しそうだし、目の届く手頃な大きさのところで仕事を覚えたほうがいい。それに、山の農地で汗水流して働けば、爽快感も味わえそうだ。

「おれが仕事をする農地って、山のほうにあるんですか？」

いちおう確認すると、瑞奈が「そうよ」と答える。

「聡史君の家と離れているから、車で通うことになるわ。この軽トラを仕事用に貸すから、帰りに運転してみて」

村から貸与されるという軽トラがこれなのか。新車ではないが、そう古くもない。使われていたのは、せいぜい四、五年であろう。

車が県道から山の道に入る。最初はコンクリート舗装であったが、しばらく走ると砂利道になった。

「ええと、だいたいこのあたりね」

山の中腹辺りまでのぼったところで、瑞奈が道の下側を指差す。木々がまばらに生えたあいだに、苗が青々と伸びた田んぼが見えた。

「田植えはとっくに終わってて、米作りのほうは収穫から主にやってもらうことになるわ。だから、最初は畑からね」

「田んぼや畑って、おれ用の割り当てがあるんですよね？」

「それは仕事をきちんと覚えたあとのことね。これなら安心して任せられるってわかったら、きちんと割り当てるわ。仕事が上達すれば、面積も増えていくはずよ」

それまでは、作業量に応じて日当が支払われるという。要は研修期間みたいなものなのか。会社員時代の貯えがあるし、農産物も支給されるというから、食べるのには困らずに済みそうだ。

「で、畑はこの奥側ね」

田んぼが見えたところより少し上がると、今度は山の下側ではなく、土手側を指差される。だが、聡史が視線を向けたときには、通り過ぎて見えなかった。

（あれ、農作業をする場所を見せてくれるんじゃなかったのか？）

瑞奈は停車することなく、坂道をのぼり続ける。狭い林道なので、駐車できるスペースを探しているのかと思えば、そんな様子でもなかった。

あるいは、一度上まで行ってから引き返すのか。そう考えていると、軽トラが林道をはずれた。わずかに轍《わだち》の確認できるところに入り、そこでブレーキが踏まれる。

「さ、降りて」

言われて、聡史は助手席のドアを開けた。

そこは草が生えたなだらかな斜面だ。これから開墾するのかと首をかしげたが、そうではなかった。

「こっちよ」

瑞奈が斜面をずんずん進む。そのあとに続く聡史の視線は、肉感的な下半身へと向けられた。

今日の彼女はポロシャツにジーンズと、昨日以上にラフな装いである。山に来るから動きやすい格好にしたのだろう。

ぴっちりと張りついたボトムが、たわわな丸みのシルエットをあからさまにする。昨日、その部分と密着し、淫靡な匂いを嗅いだことも思い出して、股間がじんわりと熱くなった。

(勃起したら、昨日みたいに気持ちいいことをしてくれるかも)

年下の男が不埒《ふらち》な願望を抱いていることなど、人妻は気づきもしないようだ。振り返ることなく斜面の端まで足を進めると、

「ほら、見て」

振り返って朗らかに告げた。

「わあ」

淫らな欲求などたちまち消し飛ぶ。聡史は感嘆の声をあげた。そこから山下の景色が広く見渡せたのである。

「ここが牝神村で、いちばん眺めがいいところなの」

誇らしげに言われて納得する。村の中心部、役場や学校など建物がかたまっている

あたりは、ジオラマのようだった。

（……そうか。瑞奈さんは、おれにこれを見せるために）

村の一員になって、村を愛してほしい。そんな願いが、言葉にされずとも伝わってくる気がした。

「すごく綺麗です」

感想を口にすると、瑞奈が満足げに頬を緩める。

「それで、あそこに見えるのが——」

と、村の施設も教えてくれた。学校や公民館、老人保養センターなど、やはり村の中心部に集中している。

「ところで、何か気づかない？」

ひととおり説明を終えたあとで、彼女が訊ねる。

「え、何をですか？」

「向かいの山から、ふもと側に向かっての地形なんだけど」

言われて、聡史は前方の景色に目を向けた。

山の稜線がなだらかなカーブを描き、低いほうに流れている。ごく普通の山間地という眺めで、変わったところは認められなかった。

「ええと、この山がどうかしたんですか？」

「女性に見えない？」

「え、女性？」

「裸の女性が横向きで寝そべって、こっちを見ているみたいに言われてよくよく見れば、山の最も高いところが肩で、その左側にある杉林が髪の毛のように見えなくもない。ふもと側に向かって一度低くなったところがウエストで、そこからまた高くそびえる山がヒップということなのか。

しかし、そんなことを言い出したら、すべての山地山脈が女体を模したものになってしまう。

「まあ、見えなくもないですね」

曖昧《あいまい》に肯定すると、瑞奈が我が意を得たりというという面持ちでうなずいた。

「でしょ。この地っていうか、この村は女性の神様――女神様が創造したと言い伝えられているの。だから牝神村っていう名前がつけられて、何よりも女性が大切にされてきたのよ」

聡史はそういうことかと納得した。昨夜、沙月に教えられた夜這いの掟を思い出したのだ。

『牝神村の夜這いは、女性にしか許されていないの――』

女性が大切にされてきたからこそ、男が女性の元へ忍ぶのが一般的な夜這いも、主導権は女性に託されているのか。

「ほら、女性は大地だって言われるでしょ。大地は様々な生命の根源だし、女だって子供を産むわけじゃない。男みたいにフラフラしないで、どっしり構えているところもいっしょだし」

瑞奈は得意げだった。だからあなたも女性を大切にしなさいと、諭されている気すらした。

3

「ちょっと待ってて」

言い置いて、瑞奈が軽トラを停めたところへ向かう。間もなく、ブルーシートを抱えて戻ってきた。

「ここで少し休んでいきましょう」

「ああ、いいですね」

山の空気は澄み切って爽やか。空も文字通りのスカイブルーで晴れ渡っている。絶好のピクニック日和《びより》だ。

靴を脱いで広げたシートにあがり、並んで腰をおろしてから、

(さっきのおにぎり、ここで食べればよかったな)

聡史は今さら手遅れなことを考えた。その代わりに、美味しい空気を胸いっぱいに吸い込む。

シートは二、三畳ぶんぐらいの広さがあるだろうか。ふたりでも寝転がるには充分な大きさだ。

おかげで、またも不埒な欲求が頭をもたげた。

(ここで瑞奈さんといやらしいことを――)

もしかしたら、彼女もそのつもりでシートを用意したのではないか。などと、都合のいいことも考える。

「ふぁー」

両手を空に向かってあげ、大きく伸びをした瑞奈が、そのままのポーズで仰向けに寝そべる。無防備な振る舞いに、聡史はドキッとした。

「あーあ、このままお昼寝したい気分」

彼女は両手を組んで頭の下に入れると、本当に瞼を閉じた。そして、

「聡史君も寝転がったら？」

と、誘いをかけてくる。

「あ、はい」

断る理由もないので、同じように横になる。からだを伸ばし、目をつぶった。地面が柔らかで、全身が自然の中にすっと溶け込むようだ。

（……気持ちいいな）

眠気を覚え、あくびが出そうになる。そのくせ、魅力的な人妻と並んで寝転がっていることに、エロチックな昂りも催した。手をのばせば届く距離にある女体に、触れたくてたまらない。

着衣尻に密着し、フェラチオまでされた間柄である。とは言え、こちらからアプローチをするのはためらわれた。

そもそも、昨日は勃起を見られたために、欲望を処理されたのだ。村の掟にのっとり、一方的に奉仕されただけのこと。聡史のほうは何もしていないし、要は男女の親密な関係になったわけではない。

初日から沙月に夜這いされたことからして、牝神村は男女間の行為に関してのハー

ドルが低いと考えられる。しかしながら、必然性のない状況で人妻に手を出すのは、やはり御法度《ごはっと》なのではないか。

だったら、また昨日みたいに股間をエレクトさせればいい。思ったものの、それでは性的なスキンシップを求めているのがあからさまだ。引かれるか、軽蔑される恐れがある。付き合いきれないと、世話役を辞退されても困る。

悶々としていると、瑞奈が唐突な質問を投げかけてきた。

「ところで、沙月さんとは何回シタの？」

聡史は驚愕した。未亡人に夜這いされたのを、彼女は知っているというのか。

「な、何回って？」

いちおうとぼけたものの、

「だから、沙月さんを相手に、何回射精したのか訊いてるの」

より露骨な言い回しで訊ねられ、誤魔化せなくなる。明らかに昨夜のことを知っているのだ。

(沙月さんがしゃべったのか？)

夜這いに関して、牝神村はかなりオープンなようである。特に主導権を握る立場の女性たちは、誰と寝たなんて会話を普通にするのかもしれない。

「……二回です」

観念し、正直に答える。すると、人妻がどこかあきれた口振りで続けた。

「昼間、わたしも気持ちよくしてあげたのに？」

もう三十歳なのに、性欲過多な若者のように思われたのか。

「いえ、あの」

「沙月さんも、まさか初日からするなんて……」

瑞奈がつぶやくように言う。これに、聡史は（あれ？）となった。夜這いの件を、最初から知っていたという口振りではなかったからだ。

（ひょっとして、カマをかけられたのか？）

夫を亡くし、女盛りの成熟した肉体を持て余した美女。隣に男が越してくれば、手を出すに違いないと踏んでいたのだとか。

おまけに、聡史は下着を脱ぎ散らかして寝ていた。部屋にこもる営みの残り香も、瑞奈は嗅ぎ取ったのではないか。そこから夜這いされたと推理したに違いない。

だったらはぐらかしたほうがよかったと悔やんだが、すでに遅かった。

聡史は気まずさを嚙み締めた。今のやりとりを、瑞奈が沙月に話したら、口の軽い男だと蔑まれるのではなかろうか。

すると、すぐ横で、ブルーシートががさがさと音をたてる。

「ねえ、わたしにもお返しをしてよ」

どこか気怠げな人妻の要請に、聡史は瞼を開いた。隣を見てギョッとし、急いで身を起こす。

瑞奈は俯《うつぶ》せになっていた。しかも、ジーンズを太腿《ふともも》の半ばまでずりおろして。水色の薄物で包まれたヒップがまる出しだったのである。

俯せでも豊かに盛りあがった熟れ尻。周囲に広がる自然の眺めとのギャップでそう感じるのか、妙にいやらしい。たちまちそそられ、ムズムズしていたイチモツが力を滾らせる。

(ていうか、お返しって——)

聡史が昨日フェラチオで抜いてもらったように、快感で彼女を満足させよというのか。それも、半脱ぎの下半身を愛撫することで。

「わ、わかりました」

渇きかけた喉に唾を流し込み、聡史は恐る恐る動いた。揃えられた瑞奈の脚を膝立ちで跨ぎ、魅惑の双丘と対峙《たいじ》する。

水色のパンティは裾がレースになった、アウターに響かないデザインだ。そこからぷっくりとはみ出したお肉が、これまた煽情的である。ほのかに感じられる、酸味を帯びた甘ったるいかぐわしさもたまらない。

（これって、瑞奈さんのアソコの匂い……）

顔面騎乗されたときに嗅いだものと、成分が共通している。

視覚と嗅覚を刺激され、劣情がふくれあがる。すぐにでも薄布を剝ぎ取り、ナマ尻を拝みたくなった。

だが、彼女はあえてそれを脱がなかったのだ。いきなり肌に触れるのではなく、じっくりと攻めてもらいたいのではないか。

そう判断して、聡史はふたつの盛りあがりに両手をかぶせると、水色の布越しにお肉を揉み撫でた。

「うン」

甘えるような声を洩らし、人妻が下半身を揺する。歓迎している反応だ。

（ああ、ぷりぷりしてる）

手に感じるのは、柔らかさと弾力のパーフェクトな融合だ。喩えれば、よくこねられたうどんの生地か。茹《ゆ》でなくても、強いコシが感じられる。裾からはみ出した肌は、マシュマロの手ざわりだ。

聡史は尻肉を堪能し、飽くことなく指を喰い込ませた。それによりパンティが割れ目に喰い込み、はみ出しの面積と体積が大きくなる。

「もう」

もどかしげな嘆きにハッとする。手を止めると、瑞奈がふうと息をついた。

「いくらわたしのおしりが気に入ったからって、ちょっとやりすぎじゃない？」

なじられて、頬が熱くなる。子供みたいに夢中になっていたことが、今さら恥ずかしくなった。

「すみません」

謝ると、彼女がのそのそと腰を浮かせる。聡史が後ずさると、顔を伏せた四つん這いのポーズで、おしりを高く掲げた。

「脱がせていいわ。どうせ誰も来ないから」

言われて、聡史は天にも昇る心地を味わった。いよいよ秘められたところを拝めるのだ。

「は、はい」

前のめり気味に返事をして、薄布に両手をかける。ほんのわずかな力で、簡単に剥きおろすことができた。

「ああ」

ツヤツヤした丸みがあらわになり、感動の声が自然と溢れる。ナマの双丘は、どんな芸術作品をも凌ぐ美麗なかたちと質感を湛えていた。

(なんて素敵なおしりなんだ！)

これまで目にした数少ない女体はもちろんのこと、グラビアアイドルやヌードモデルの画像や動画と比較しても、優るものはないと断言できる。

豊臀と太腿の境界部分。パンティのクロッチが剝がれたところから、縮れ毛がはみ出している。生々しい光景に、心臓が痛いほど高鳴った。

だが、肝腎なところがよく見えない。瑞奈が脚を閉じているからだ。ジーンズが半脱ぎ状態だから、このままでは膝を離せない。

脱がせてもいいと許可は得ている。聡史はまずジーンズを美脚から引き抜き、パンティも奪い取った。

手にした薄物の内側、クロッチの裏地に白い綿布が縫いつけられている。細かな毛玉と黄ばみが目立つ中心に、白っぽい分泌物がべっとりと付着していた。

(もう濡れてたんだ)

臀部をしつこく揉まれてこうなったのか。あるいはその前から、淫らな気分が高まっていたというのか。

自ら夜這いの話題を口にして、愛撫を求めたぐらいである。後者の可能性は充分にあった。

役場に勤める瑞奈は、遠方にいる県職員の夫と、月に一度しか会えないという。つまり、なかなか抱いてもらえないのだ。魅力たっぷりの熟れボディが、月に一度の営みで満足できるとは思えない。

沙月のように未亡人なら、夜這いで欲望を発散できるだろう。だが、さすがに人妻ともなれば、軽はずみな行動はできないのではないか。たとえ、夜這いの主導権が女性にある村であっても。

だとすれば、ひと知れずこっそりと男を求めるしかあるまい。こんなふうに、誰の目も届かない山の上で。

彼女の心情を察して、是が非でも満足させてあげたくなる。昨日、自分が施しを受けたように。

こちらから頼まなくても、瑞奈が膝を離す。臀裂がぱっくりと割れ、淫靡な景色が剝き出しとなった。

むわん——。

酸っぱみを増した淫香が放たれる。発酵した乳製品の悩ましさと、蒸れた汗のケモノっぽい臭気が混じったもの。

劣情を煽《あお》られるかぐわしさにうっとりしつつ、女芯に目を向ける。繁茂する縮れ毛の狭間に、ほころんだ肉色の花弁があった。

（これが瑞奈さんの……）

ひと目惚れした人妻の、決して公《おおやけ》にされない部分。これを見知っているのは彼女の夫と、過去に親密な関係を持った男だけなのだ。そのうちのひとりに自分が選ばれたことを、聡史は光栄だと思った。

尻ミゾの底にちんまりとひそむ、淡いセピア色のツボミにも心惹かれる。沙月のそこは影になってよく見えなかったが、今は陽光の下で、これ以上はないというぐらいにあからさまだ。

そのせいか、排泄口であるとわかりつつも、やけにエロチックに映る。会陰《えいん》側に短い毛が少し生えており、恥ずかしい秘密を暴いた気がして昂奮した。

「あんまり見ないで」

瑞奈がたわわな丸みをくねらせる。戸外で恥ずかしいところをまる出しにして、さすがに羞恥を覚えずにいられないようだ。しかも、こんな明るいところでばっちり見られているのである。

ならばと、ナマ尻を両手で抱え、中心に顔を埋める。秘叢が萌《も》える湿地帯に口をつけ、開いた花弁の狭間をひと舐めした。

「ヒッ」

臀部がピクッとさざ波を立てる。その時点では、彼女は何をされたのか、はっきりわかっていなかったらしい。

(うう、たまらない)

強烈になった女くささにむせ返りそうになりつつ、蜜の滲む窪地をねぶる。舌に絡む粘つきは、わずかな甘みを含んでいた。

「え、ちょっと」

瑞奈が顔をあげ、焦って振り返る。尻の谷をキツくすぼめ、抗うように聡史の鼻面を挟んだ。

「な、何してるの?」

答えようにも、陰部に顔を密着させていては無理である。代わりに舌を律動させ、膣口のあたりをほじった。

「あ、ああっ」

切なげな声を放った人妻が、「イヤイヤ」と身をよじる。クンニリングスを求められているのだと受け止めていたから、この反応に聡史は戸惑った。やむなく秘苑から口をはずし、

「どうかしたんですか？」

改めて問いかける。

「どうかって……む、無理して舐めなくてもいいのに」

いくらか動揺した口振りだ。指で愛撫してもらうつもりでいたらしい。

だが、ここまで大胆なポーズを取ったのである。あるいはクンニリングスをしてもらえるかもと、密かな期待があったのではないか。

「無理なんかしてません。おれ、ずっと瑞奈さんのここが舐めたかったんです。昨日、おしりを顔に乗せられたときから」

「でも、洗ってないし……くさくないの？」

秘部のあからさまな匂いが気になるようだ。それを昨日も嗅がれたのだと、聡史の言葉で察したのかもしれない。

「全然。おれ、瑞奈さんの匂いが好きです。女らしくて、飾らないところもすごく昂奮します」

する。


「……バカ」

優しい声でなじり、瑞奈が再び顔を伏せる。

「だったら、いっぱい舐めて、気持ちよくして」

やはり舌での奉仕を望んでいたのだ。縮れ毛に囲まれた恥割れも、物欲しげに収縮する。

リクエストに応えて、再び秘苑に口をつける。舌を濡れた裂け目に差し入れ、慈しむように舐めた。

「う――――くぅうう」

人妻が呻き、熟れた下半身を震わせる。

(ああ、感じてる)

嬉しくなり、舌の動きが活発になる。唾液を塗り込められた粘膜が熱を帯び、さらなる分泌物を滲ませた。

「う、う、うっ、あああ」

洩れ聞こえる声も大きくなる。ビクッ、ビクッと、ふっくら臀部が感電したみたいにわななないた。

もっと派手な声をあげさせたくて、クリトリスを狙う。指で包皮を剝き下げ、ツヤツヤした桃色突起をあらわにしてから、舌先ではじくように舐めた。

「あひっ、いいいい、そ、そこぉ」

瑞奈がのけ反り、艶声をほとばしらせる。やはりそこが弱点なのだ。より強い刺激を与えるべく、唇をとがらせ、ふくらみだした秘核を吸いたてる。

「ああっ、そ、それもいいッ」

彼女は掲げたヒップを悦びにはずませた。もっとしてとばかりに開脚の角度を大きくし、双丘を背後に突き出す。

ならばと、舌を蜜穴に差し入れ、小刻みに抽送した。

「おおお、か、感じる」

唸るような声でよがり、膣口をなまめかしくすぼめる。多彩な反応に煽られ、口淫奉仕に熱が入りながらも、

（おれのもしゃぶってくれないかな）

聡史自身も快感を得たい欲求が高まる。ブリーフの内側を突きあげる怒張は多量の先走りをこぼし、裏地をじっとりと湿らせていた。

どうせなら、シックスナインで互いにねぶりあいたい。沙月とそうしたように。

けれど、昨日は瑞奈から一方的に施しを受けたのだ。まずは彼女を絶頂させてから

と、舌ピストンに合わせてクリトリスも指先でこする。

「あ、あ、ああっ、よ、よすぎるぅ」

よがり啼く人妻が、息をはずませる。谷底のアヌスももっとしてほしそうに、キュッキュッと収縮した。

瑞奈は少しもじっとしていない。腰をくねらせ、膝から下をじたばたさせる。両手でブルーシートを引っ掻くことまでした。

(もうすぐイクかもしれないぞ)

聡史は発奮し、溢れるラブジュースをぢゅぴぢゅぴとすすった。舌と指を同調させ、いよいよかと思われたとき、

「も、もういいわ」

瑞奈が中断を求めたのである。

(え、どうして?)

合点がいかぬまま、いちおう女芯から口をはずす。

「ふう」

彼女が深い息をつく。ぐったりしたように顔を伏せ、掲げたヒップをピクッと震わせた。

かなり感じていたのは確かながら、絶頂したわけではない。なのに、どうしてやめさせたのだろう。

（乱れるところを見られたくなかったのかな）

あるいは、年下の男にイカされるのはプライドが許さなかったのか。だったらお返しをしてなんて言うはずがない。

このまま終わらせるのは中途半端だし、無性にモヤモヤする。さりとて、女性が大切にされている村へ来た以上、逆らうわけにはいかなかった。

クンニリングスが駄目なら、他の方法で快感を与えたい。そんなことを考えながら、唾液に濡れた陰部に未練がましい視線を向けていると、悩ましげにすぼまる肛穴が目に入った。

（ここも舐めたら感じるのかな？）

あいにくと経験はない。だが、過去に視聴したアダルト動画に、アナル舐めの場面があった。それほどアブノーマルではないのかもしれない。

もっと感じさせたい思いもあって、聡史は新たな試みに挑んだ。丸々とした双丘を、逃げられないよう両手で固定し、谷間に顔を伏せる。

「え？」

何かされるのだと察したらしく、瑞奈が身を堅くする。再びクンニリングスをされると思ったのか、抗いはしなかった。

それをいいことに、放射状のツボミに舌を当て、チロチロと舐めくすぐる。

「キャッ。ちょ、ちょっと」

咎める声も、それほど大きなものではなかった。狙いを外して、たまたま肛門に当たっただけだと判断したのではあるまいか。

ところが、聡史がしつこくねぶり続けたことで、意図的だと察したようである。

「こ、こら。そこはおしりの穴──」

わかりきったことを指摘されても、無視して舌を躍らせ続ける。

そこにはわずかな塩気が潜んでいたぐらいで、味らしい味はなかった。匂いも熟成した汗の香りが強かった程度だ。

仮に生々しい風味が残っていたとしても、怯むことはなかったであろう。いや、そのほうが昂奮して、嬉々として味わったかもしれない。

チャーミングな人妻の、おそらく性器以上に恥ずかしいところなのだ。彼女の秘密をすべて暴きたい心持ちになっていた。

「イヤイヤ、そ、そんなところ舐めないでっ！」

瑞奈がはっきりと拒み、熟れた丸みをくねらせる。その程度の抵抗は想定内だったから、聡史は下半身をがっちりと捕まえて離さなかった。

「ああん、も、バカぁ」

逃れられないと悟ると、彼女はおとなしくなった。好きにしなさいとばかりに顔を伏せ、悩ましげに呻くのみとなる。飽きるのを待つことにしたようだ。

けれど、尻の筋肉がピクッ、ピクッと細かな痙攣を示すことで、何らかの快さを得ているのだと悟る。

「う……ンぅ、はあ」

洩れ聞こえる喘ぎが色めきを帯びる。唾液を塗り込められるアヌスもせわしなく収縮し、開花寸前のツボミみたいに柔らかくほころんできた。

とは言え、秘核を舐めたときほどの顕著な反応ではない。頂上に至る気配は微塵もなかった。

頃合いを見て、聡史は舌をはずした。

（え？）

濡れた恥毛がべっとりと張りついた淫華を目にして驚く。大きく開いた花びらのあいだに、白く濁った愛液が滴《したた》らんばかりに溜まっていたのだ。

（瑞奈さん、感じてたんだ）

はっきりした快感はなくとも、肛門への執拗な刺激で、女体が燃えあがっていたようである。

「満足した？　だったら、オチンチン挿れてよ」

切なげな声音で要請し、ヒップを重たげに揺する。一刻も早く貫いてほしいとせがむみたいに。

ようやく彼女とひとつになれるのだ。聡史は気を逸らせ気味に「は、はい」と返事をし、ズボンとブリーフをまとめて脱ぎおろした。

ぶるん――。

最大限の膨張を示していた分身が、勢いよく反り返って下腹を叩く。張りつめた亀頭はカウパー腺液でヌルヌルだ。

膝立ちで瑞奈の真後ろから挑む。屹立を前に傾け、切っ先で恥ミゾをこすった。

「くうう」

呻いて、下半身をブルッと震わせる人妻。膣口周辺の粘膜が、早くしてとばかりにすぼまった。

「挿れます」

短く告げ、腰を前に送る。しとどに濡れていた男女の性器が、抵抗なくひとつに交わった。

「あはぁ」

瑞奈が首を反らし、尻の谷を閉じる。迎え入れた牡器官を離すまいとするかのごとく、蜜穴で強く締めつけた。

「おおお」

聡史も呻いた。内部の熱さと、濡れ柔らかなものがまつわりつく感触に、目がくらむほどの快感を得る。

（……おれ、瑞奈さんとセックスしたんだ）

村に来て、ふたり目の女性。だが、最初に会って恋に落ちかけた相手だけに、お隣の未亡人以上に感慨深かった。

「あん、おっきい」

悩ましげにつぶやき、瑞奈が腰を揺する。内部が幾度もすぼまり、うっとりする快さをもたらしてくれた。

「瑞奈さん、すごく気持ちいいです」

感動を率直に伝えると、彼女がチラッとこちらを振り返る。照れくさそうにほほ笑むと、「わたしもいい感じよ」と答えた。

「聡史君のオチンチン、とっても硬いわ。それに、すごく元気。おまんこの中で脈打ってるのがわかるもの」

卑猥な四文字を口にされ、軽い目眩《めまい》を覚える。

(瑞奈さんが、そんなことを言うなんて！)

アダルト動画でならともかく、目の前の女性から告げられたのは初めてだ。しかも、相手はチャーミングな人妻。そのいやらしさと衝撃に、女体内の分身が雄々しくしゃくりあげた。

「ああん」

牡の逞しい反応に、瑞奈が艶めいた声を洩らす。もはやじっとしていられず、聡史は肉棒の抜き挿《さ》しを開始した。

「ああっ、あ」

狭穴を抉られてよがる年上の女に、愛しさがふくれあがる。自らのペニスで感じてくれることで、いっそう親密さの度合いが増したと思った。

それこそ、今だけは彼女の夫なり恋人なりになったと感じたぐらいに。正常位で交わっていたら、くちづけを交わさずにいられなかったであろう。

その思いを伝えるつもりで、分身を力強く送り込む。

「おうっ、おお」

膣奥を突かれ、瑞奈がトーンの低い呻きをこぼす。肉体のより深いところで感じているふうに。

(これがいいんだな)

ストロークの長い抽送で攻めながら、挿入角度も変えてみる。喘ぎ声はほぼ一定だったが、

「あひッ」

膣内の背中側を、ふくらみきった亀頭で強くこするようにすると、鋭い嬌声をほとばしらせた。

「そ、それいいっ」

リクエストに応じて、その部分をリズミカルに摩擦する。

「あ、あ、あああッ、き、気持ちいいっ」

瑞奈が乱れ、息づかいを荒ぶらせる。交わる性器がぬちゅぬちゅと、粘っこい濡れ音を間断なくこぼした。

(……うう、やばいかも)

彼女を感じさせることで、聡史も危うくなる。何しろ、粒立ったヒダが群れたところに、敏感な先っぽをこすりつけているのだ。頂上が近づくことで腰づかいが危うくなり、忍耐の手綱《たづな》を引き絞る。

逆ハート型のヒップの切れ込みに見え隠れする陽根は、筋張った胴体に白い濁りをまといつけていた。そこからたち昇るのは、男女の酸っぱい淫香だ。戸外にいても、それがしっかりと嗅ぎ取れた。

おかげで、ますますたまらなくなる。

（駄目だ。我慢しろ）

今日は自分がイカせる番なのだと発奮し、上昇を抑えてせわしないピストンを繰り出す。滴《しずく》が飛びそうな勢いで腰をぶつければ、人妻が「イヤイヤ」とよがり泣いた。

「そ、そんなにされたらイッちゃう」

それが目的なのだ。容赦なく責め苛み、女体を歓喜の極みへと導く。

「だ、ダメ、ホントにイッちゃう」

身をよじり、「う、うっ」と呻いた瑞奈が、不意に肢体を強ばらせた。

「い、イク、ううう」

呻くようにアクメを告げ、掲げた豊臀をビクッ、ビクッとわななかせる。膣の締めつけが強烈になり、聡史は腰振りをやめた。そのまま続けたら、間違いなく自分が果ててしまうからだ。

「ふは――」

深く息を吐いた瑞奈が、からだをずりずりとのばす。蜜穴からペニスがはずれると、ブルーシートに俯せた。

「はあ、ハァ……」

息づかいとともに、背中が上下する。ふっくらと盛りあがったヒップが、オルガスムスを名残惜しむみたいに波打った。

彼女は脚をだらしなく開いている。覗き込むと、白い淫汁をこびりつかせた女芯が見えた。

ビクンっ――。

満足を遂《と》げていないイチモツが、今度は自分の番だとばかりに脈打つ。それは聡史自身の望みでもあった。

ちゃんと絶頂に導いたのだから、べつにかまわないだろう。そう判断し、年上の女に身を重ねる。いきり立つ肉根の切っ先を谷間にもぐらせ、濡れ穴を再び貫いた。

「ああん」

瑞奈がのけ反って声をあげる。しょうがないわねと言いたげな、なじるような声音ながら、抵抗せず受け入れてくれた。

(うう、気持ちいい)

スプーンをふたつ重ねたみたいな体位。これだとバックスタイル以上に、おしりの弾力を味わえる。寝ているのをかまわず犯すような、背徳的な気分も催した。

聡史は彼女の背中にのしかかり、腰だけを上下にはずませて、蜜芯に剛直を出し挿れした。

「あ、ああっ、う――」

洩れ聞こえる喘ぎ声は、どこか苦しげだ。重いのかなと、聡史はなるべく体重をかけないよう、両手を脇についてからだを支えた。

そして、臀部に真上から下腹をぶつける。

パツ、パツっ――。

肉の衝突が湿った音を鳴らす。瑞奈が「いやぁ」と嘆き、両脚を閉じた。

聡史は彼女の下肢を膝で挟むと、よりせわしない動きで濡れ窟を蹂躙《じゅうりん》した。鼻面を髪にうずめ、甘い香りを胸いっぱいに吸い込みながら。

「う、う、う、ああっ」

再び高まってきたのか、瑞奈が切なげによがる。だが、二度目の頂上に導く余裕は、聡史にはなかった。下腹に当たる尻肉の、ぷりぷりした感触が官能を高め、急角度で終末に向かったからである。

「み、瑞奈さん。おれ、出そうです」

蕩ける歓喜に引き込まれながら告げると、女体がハッとしたように強ばる。

「な、中はダメ」

焦った声に落胆する。ザーメンを注ぎ込むことは許されなかった。

彼女は人妻なのだ。夫以外の男の子供を孕むわけにはいかない。夫婦生活が頻繁《ひんぱん》ではないから、妊娠すれば誰の子かと、間違いなく疑われるだろう。

（ええい、しょうがない）

いよいよというところで、聡史はペニスを引き抜いた。濡れたそれを尻の割れ目にこすりつけ、めくるめく瞬間を捉える。

「ううう」

腰を揺すって呻き、射精する。熱い体液を尻ミゾに放ち、なおもヌルヌルと強ばりをこすりつけた。

（ああ、よすぎる……）

中出しこそ叶《かな》わなかったが、聡史は深い満足感にひたった。魅惑の熟れ尻を穢すことが申し訳なくも、お肉の柔らかさと弾力が、得も言われぬ快さを与えてくれたのである。

おかげで、最後の一滴まで、気持ちよくほとばしらせることができた。

「ふは──ハッ、はあ」

もはや気遣う余裕もなく、瑞奈の背中にからだをあずける。聡史は息を荒ぶらせ、歓喜の余韻に長くひたった。

第三章　女体を感じさせる腰づかい

1

「ああ、全然なってないわね」

容赦のない指摘に、聡史は肩をすぼめた。自分が未熟なのは重々承知しているが、その点を女性になじられると、プライドが音を立てて崩れ落ちるようだ。まして、たった一歳違いとは言え、彼女は年下なのだ。

ここは聡史に任された、山の畑である。農作業初心者の彼に、畑作りや農具の使い方を一から教えてくれるのは黒崎《くろさき》裕美子《ゆみこ》。農業組合の指導員だという。

彼女も村の出身で、幼い頃から農家である家の手伝いをしてきたと、最初の自己紹介で教えられた。また、現在二十九歳で、バツイチであることも。そんなことまであっけらかんと打ち明けられ、聡史のほうが戸惑ったぐらいである。

包み隠さず話すのは、瑞奈や沙月もそうだった。また、掟にも「村では村民同士の繋がりがプライバシーよりも優先される」とある。互いに秘密を持っていたら、親密な関係が構築できないということなのだろう。

というか、そもそもプライバシーなんて概念は、この村の住民には存在しないのかもしれない。

初対面での裕美子の印象は、快活で物怖じしない、何でもはっきり言うタイプの女性というものであった。農作業に従事しているからか、顔も浅黒く日焼けしている。身長も女性としては高いほうだ。

それでも最初は、男勝りだなんて思わなかった。白い歯がこぼれる笑顔が、やけにチャーミングだったからだ。

おまけに、くりっと丸い目が、笑うと漫画のキャラクターみたいに細くなる。『よろしくね』とタメ口で握手を求められたのも、少しも気にならなかった。

こんなに愛らしい女性と、夫だった男は別れたのである。性格も申し分なさそうだし、いったいどうしてと思わずにいられなかった。

おそらく質問したら、躊躇《ちゅうちょ》なく答えてくれたであろう。けれど、会ったばかりでそこまで詮索するのは失礼な気がして遠慮した。

この畑までは聡史の軽トラと、裕美子が運転する四トントラックの二台で来た。彼女が先導したのであるが、あとを追うのに苦労した。まだ軽トラの運転に慣れていないためもあったが、裕美子の四トントラックは細い林道も、かなりのスピードで飛ばしたのである。

四トントラックにはトラクターが積んであった。畑に到着してそれをおろすと、けっこうな広さのあった農地を、裕美子はあっという間に荒く耕してしまった。

続いて、聡史もトラクターに乗せられ、運転を教わった。

「ただ土を起こしただけだから、今度は丁寧に耕してちょうだい。だいじょうぶ。すぐに慣れるから」

トラクターは、回転して土を掘り返す刃が後部についている。その深さを調節しながら、聡史は初めての耕耘《こううん》作業に挑んだ。

すべて耕し終えるのに、かなりの時間を要した。山の畑は緩やかな斜面になっていたため、トラクターがひっくり返るのではないかと気が気ではなかったのだ。

それが裕美子には歯がゆかったようだ。彼女が本性を現しだしたのは、そこからである。

「そんなにゆっくりやってたら、予定の作業が終わらないわよ」

トラクターのエンジン音にも負けない大声で発破《はっぱ》をかける。あとは「ほらスピードをあげて」とか、「どっちに曲がってるのよ、バカ」などと、厳しい言葉しか聞かれなくなった。

聡史は緊張した。絶対に失敗できないと思うことで、操作がおっかなびっくりになった。

それが裕美子をいっそう苛立《いらだ》たせた。

「男でしょ。もっと大胆にやりなさいよ。まったく、グズなんだから」

罵声まで浴びせられ、ますます萎縮する。三十歳にもなって、こんな目に遭《あ》うなんて。屈辱でプライドもズタズタだ。

(ここまでキツいひとには見えなかったのに……)

彼女の愛らしい笑顔は、あの場限りのまやかしだったのだろうか。そして、離婚した理由も推察する。

(こんなふうに文句ばかり言われたから、旦那さんも嫌になって別れたんだな)

原因は妻側にあるのだと決めつける。それこそ聡史のように村外から来て、農業のことを何も知らなかったら、徹底的にしごかれたに違いないのだ。逃げ出すのも当然である。

そんなふうに胸の内で蔑んだところで、溜飲は下げられない。ようやく作業が終わったときには、裕美子は不機嫌をあらわにしていた。

「今日は畝《うね》作りまで終わらせるつもりだったのに、予定が狂いまくりだわ。あたしも自分チの仕事があるから、あなたにずっと付き合ってるヒマはないのよ」

厭味《いやみ》を口にし、彼女は耕した畑の土を手に取った。指でほぐし、やれやれという面持ちを見せる。

「初めてなのを差し引いても、三十五点ってとこね。こんな土じゃ、野菜だって大きくなりたいとは思わないわ」

辛辣《しんらつ》な批評に、聡史は「すみません」と肩をすぼめた。暑さではなく、緊張のせいでかいたひたいの汗を、そっと拭う。

(ていうか、優しく教えてくれるんじゃなかったのかよ)

牝神村のホームページには、未経験者にも農業を一から優しく指導しますと書かれてあったのだ。教えてくれるのが女性だと知って、まさしくそのとおりなんだなと期待したのに。

「じゃあ、続きは明日ね。午後一時に、ここへ来てちょうだい。絶対に遅れないで」

遅刻などしようものなら、何をされるのかわかったものじゃない。聡史は直立不動になり、「わかりました」と返事をした。

裕美子はトラクターをトラックに積むと、さっさと行ってしまった。取り残された聡史は、西の空に傾きかけた陽光と、涼しくなった風を浴びても、少しも爽やかな気分になれなかった。

2

疲れたからだで自宅に戻る。玄関の戸を開けると、三和土《たたき》に見知らぬ靴があった。サイズが小さいし、女物のようである。

(誰か来てるのかな?)

瑞奈か、あるいは沙月か。ところが、音を聞きつけて台所のほうから現れたのは、そのどちらでもなかった。

「お帰りなさい」

どこかオドオドした態度で迎えてくれたのは、見知らぬ女性であった。しかも、かなり若い。

「あ、ええと、あなたは？」

まさか自宅に帰って、そんな質問をすることになるなんて。

「わたし、西堀美香《にしぼりみか》です」

名乗られても、何者なのかさっぱりわからない。それから、どうしてここにいるのかも。

「美香さん……ええと、どうしておれの家に？」

「あ、はい。瑞奈さんに、田倉さんのお世話をするように言われて」

その返答にドキッとしたのは、「お世話」という言葉に反応したためである。

（てことは、欲望処理をするために？）

瑞奈と二回もそういう機会があったから、あらぬ想像をする。あのせいで、世話役というのはシモの世話も含むのだと、決めつけていた部分があった。

だが、明るく奔放な人妻と美香とでは、印象が明らかに異なっている。

まだ十代なのだろうか、顔立ちがやけにあどけない。料理をしていたらしく、水色のワンピースに白いエプロンを着けているが、中高生の家庭科の調理実習みたいで、板に付いていなかった。

それに、視線を逸らしがちで、聡史の顔も真っ直ぐ見られないようである。異性との交流に慣れていないのが窺えるし、まだバージンではなかろうか。見た目だけでは判断できない。

もっとも、瑞奈も沙月も、初対面の印象に反して大胆だったのだ。

「ひょっとして、おれの食事を作るように、瑞奈さんに言われたの？」

「はい。男のひとの独り暮らしは、何かと不自由だからって。農作業が始まったら、疲れて食事を用意するのも難しいはずだとも言われました」

事実その通りだから、瑞奈の気遣いはありがたかった。裕美子にしごかれたせいで身も心もへとへとだったのだ。

これが都会なら、疲れていてもコンビニで弁当を買い求めればいい。しかし、牝神村にあるのは組合のストアだけだ。

そこにも惣菜は売っているが、まだ一度も手を出していない。自意識過剰なのは承知の上で、都会から来た男は料理もできないのかと蔑まれる気がするからだ。そのため、いちおう肉や野菜を買い求め、炒め物などの簡単な料理で済ませていた。

瑞奈がそこまで知っていたかどうかは不明ながら、男やもめが大変なのを察して、ひとを寄越してくれたのである。気遣いに感謝するより他ない。

「ありがとう。助かるよ」

素直に礼を述べると、美香がはにかむ。赤く染まった頰が愛らしい。

「ところで、美香さんっていくつなの？」

「えと、二十一です」

幼く見えたが、いちおう成人女性であった。学生でもなさそうである。

「勤めもあるんだろうし、おれの世話までするのは大変じゃないの？」

「そんなことないです。わたしは家事手伝いっていうか、家であれこれしているだけなので」

高校を卒業してから、ずっと実家住まいだという。時間に余裕があるから、お世話役に抜擢されたのか。

（家事手伝いってことは、料理も得意なんだろうな）

今夜は美味しいものが食べられそうだ。

「お風呂の準備ができてますから、先に汗を流してください」

「うん。そうさせてもらうよ」

聡史は部屋に行って着替えを手にすると、すぐ脱衣所へ向かった。

浴室の戸を開けると、温かな湯気がもわっとけぶる。入浴剤の清涼な香りにも、疲れが癒やされるようだ。浴槽には澄んだ青緑色のお湯が満たされ、すぐにでも飛び込みたくなる。

それでもちゃんとかけ湯をして、汗と汚れをざっと流してから、聡史は湯船にからだを沈めた。

「ふうー」

深く息をつき、ようやくひと心地がつく。

(……農作業は大変だったけど、こんなふうに世話をしてもらえるのなら、まだ頑張れそうだな)

むしろ苦労するからこそ、充実感を味わえるのだ。美香のおかげで、明日への活力が漲《みなぎ》る気がした。

聡史は大きく伸びをして、ちょうどよい湯加減の風呂で疲れを落とした。目をつぶると眠気を催し、夢の世界へ誘われたくなる。

(いや、駄目だって)

目を開けて頭をぶんぶんと振り、睡魔を追い払う。まだ髪もからだも洗っていないのだ。それに、美香が食事をこしらえて待っている。

髪を洗えば目が覚めるだろう。しかしながら面倒だ。誰か洗ってくれないかと無精な希望を抱いたとき、浴室の引き戸がカラカラと開いた。

（え――）

何事かと振り返り、意外なものを目にして心臓を音高く鳴らす。そこにいたのはエプロン姿の美香であった。

しかも、さっき玄関で迎えてくれたときとは違っている。着ていたはずのワンピースがなく、肩や腕、脚が剝き出しだったのだ。

（それじゃ、素っ裸でエプロンを⁉）

アダルトビデオでしか見たことのない、煽情的な装いに脳が沸騰しそうになる。

もっとも、よくよく見れば、ブラジャーのアンダーベルトがエプロンの脇から覗いている。下着は脱いでいないようだ。

だとしても、エロチックな格好であることに変わりはない。おまけに、男が裸でいるところに入ってくるなんて。

あまりのことに聡史は固まった。純情な処女だと思っていた美香の大胆さに、気圧《けお》されるものすら感じた。

（この村の女性は、みんなこんなふうなのか？）

そうすると、やはりシモのお世話もされるのだろうか。こんなあどけない娘に。

驚きつつも、期待がこみあげたのは確かである。しかし、彼女が目を潤ませ、今にも泣き出しそうになっていることに気がついた。

「……あの、お背中を流します」

震える声で告げられ、自らの意志ではないのだと悟った。

「ひょっとして、瑞奈さんにそうしなさいって言われたの？」

「はい……田倉さんはお疲れなんだからって。それに、そのぐらいできなくちゃ、わたしも村の一員として認めてもらえないので」

認めてもらえないとは、いったいどういうことなのか。頭の中を疑問符だらけにする聡史であったが、とりあえず無理はさせられない。

(父親以外の男のハダカなんて、見たことがないんだろうな)

今も湯船につかる聡史から、懸命に視線を逸らしている。目の前で全裸を目撃しようものなら、卒倒するのではないか。

「そんなことまでしなくてもいいよ。おれは食事を作ってもらえるだけで、充分にありがたいんだから」

「いえ、それだけじゃダメなんです。だって——」

言いかけて、美香が口をつぐむ。ふうとひと息ついて、

「とにかく、ちゃんとお世話をしないと、わたしが瑞奈さんに叱られますから」

決意を秘めた面差しで、浴室の中に足を進める。純情そうでありながら、気弱なだけの女の子ではなさそうだ。

(こんなことまでさせられるなんて、何か事情がありそうだな)

自らの意志ではなくても、やらねばならないと思い詰めているのが窺える。おそらく、出ていくよう命じたところで従わないだろう。

だったら、最小限のサービスを受けて、やり遂げた気持ちにさせるより他ない。

「わかった。それじゃ、背中だけお願いするよ」

前を隠して湯船から出ると、素早く洗い場の椅子に腰掛ける。彼女のほう向かないよう気をつけて。

正面にある大きめな鏡に、背後に跪《ひざまず》く美香が映る。彼女はたらいにお湯をくむと、タオルを濡らしてボディソープを染み込ませた。

「失礼します」

声をかけてから、タオルを肩に当てる。遠慮がちな力加減で、背中に向かってすべらせた。

「ああ」

聡史は思わず声を洩らした。肌を優しくこすられて、やけに快かったのだ。奉仕されることでうっとりした気分も高まり、無意識に身をくねらせる。

「このぐらいの強さでいいですか？」

背後からの声に、何度もうなずく。

「うん。すごく気持ちいいよ」

「だったらよかったです」

美香の声は、いくらかはずんでいるようだ。勇気を振り絞ったぶん、期待に応えられて嬉しかったのではないか。緊張もほぐれた様子である。

だからなのか、タオルを持っていないほうの手を聡史の背中に添え、撫でることまでする。それもまた、官能的な気分にひたらせてくれた。

おかげで、血液が一点に集中する。

(あ、こら)

自らを叱りつけても、体内の動きは制御できない。血潮が海綿体を満たし、牡器官が膨張する。慣れない畑仕事で疲れていたはずなのに、たちまち力を漲らせた。

(なんだってこんなときに……)

己《おのれ》の浅ましさが恨めしい。

背後にいる美香には、股間の変化はわからないはず。だが、何かの拍子に目撃されないとも限らない。

聡史は背筋をのばし、前を覗き込まれないよう細心の注意を払った。

純情な彼女が、男のシンボルに手を出すことはあるまい。このまま背中を流し終え、出て行ってくれれば何事もなく終わるはずであった。

ところが、まさかと思っていた事態に陥《おちい》る。背中を上から下まで洗い終えた美香が、脇から手を回してきたのである。

（え――）

聡史は焦った。この体勢のまま、からだの前面も洗うつもりなのか。

しかし、そうではなかった。彼女の手は真っ直ぐ股間に向かい、ふくらんで上向いていたシンボルを握ったのである。

「あうう」

ゾクッとする快美が背すじを駆けのぼる。それにより、海綿体がさらなる血流を呼び込んだ。

「み、美香さん」

振り返ることもできずに声をかけると、根元を強く握られる。快感をもたらされたペニスが、ビクンビクンとしゃくりあげた。

「……よかった」

聞こえたつぶやきに「え？」となる。

「わたしの格好を見て、ここが大きくなったんですよね」

セクシーな下着エプロン姿が、男を昂奮させたと思っているらしい。実際は、素手で肌を撫でられたせいで勃起したのだが、まったく関係ないこともないので否定しなかった。

それに、彼女が自信を得たような口振りであったから。

屹立を握った手が上下に動き出す。ぎこちない手淫奉仕でも悦びがふくれあがり、聡史は息をはずませた。

（この子まで、いやらしいことをするなんて——）

牝神村の女性はみんな、性に関してオープンだという見立ては、あながち間違っていないのかもしれない。

「気持ちいいですか？」

そう質問した美香は、エプロンをまとった上半身を、背中にぴったりと密着させていた。布を介しても若いボディの柔らかさが感じられ、いっそう昂る。

「う、うん」

「ごめんなさい。初めてだから、上手じゃないと思いますけど」

彼女の言葉に、聡史は動揺を隠せなかった。男を知らないバージンだと、一度は決めつけたのは確かながら、大胆な振る舞いから考えを改めたのである。なのに、本当に経験がなかったなんて。

「……え、初めてって？」

「わたし、男性とお付き合いをしたことがないんです」

やはり処女なのだ。だったら、どうしてこんなことができるのか。

「ひょっとして、瑞奈さんに言われたの？　こういうサービスをするようにって」

「サービスっていうか……とにかく、気に入ってもらえるようにと言われました」

さすがに性的な行為までは強要されていないようだ。言われたことを馬鹿正直に受け止め、思い込みで暴走したと見える。

「あの、無理してこんなことをしなくてもいいんだよ」

諭すように告げると、美香がかぶりを振ったのがわかった。

「こうでもしないと、田倉さんに喜んでいただけませんから」

「いや、食事を作ってもらえるだけでも、おれは大満足なんだから」

彼女は何も答えなかった。無言で牡の漲りを摩擦し続ける。シャボンのヌメリを用いて、ヌルヌルと。

(射精してスッキリしないと、男は心から満足しないと思い込んでるのか?)

純情なところをつけ込まれ、瑞奈にそう吹き込まれたのだとか。だが、献身的な人妻が、そこまで非道な企《たくら》みをするとも思えない。

混乱しながらも、聡史はぐんぐん高まった。

休みなくしごかれる分身は蕩《とろ》ける愉悦にまみれ、雄々しく脈打つ。あたかも、早く精をほとばしらせたいと訴えるかのごとくに。

(ええい、どうにでもなれ)

こちらが無理強いしたわけではない。二十一歳の処女が、自ら施しを買って出たのである。やめるように言っても聞き入れそうにないし、ここは彼女の好きにさせるべきだ。

と、都合のいい解釈をして、歓喜の流れに身を委ねる。間もなく、絶頂の高波が押し寄せてきた。

「あ、あ、出るよ。いく」

切羽詰まった状況を伝えても、美香はひたすら肉根をしごくのみ。男が快楽の極みでどうなるのか、理解していなさそうにも思えた。いや、見た目があどけなくても成人女性であり、経験はなくても知識はあるだろう。

「う、う、ああ」

聡史は喘ぎ、頂上に至った。香り高い牡汁を、正面の鏡に向かって勢いよく放つ。

「あ――」

背後から小さな声がした。美香が肩越しに射精を目撃したようだ。

それでも手を止めることなく、奉仕を続ける。そうすることで男に多大な悦びを与えられると、知っていたわけではあるまい。おそらく、どこでやめればいいのかわからなかったのだ。

おかげで、聡史は蕩けるオルガスムスに長くひたった。体躯《たいく》をビクッ、ビクッと痙攣させながら、おびただしいザーメンを幾度にも分けてほとばしらせた。

「も、もういいよ」

荒ぶる息づかいの下から告げると、ようやく上下運動がとまる。けれど、指はすぐにほどかれなかった。

軟らかくなりかけた器官が、名残惜しむように揉まれる。若いから好奇心も旺盛で、もっと射精を見たくなったのか。余韻が長引き、気怠さを帯びた腰がわなないた。

「すごく出るんですね」

美香のつぶやきに、耳まで熱くなる。それだけ快かったのは確かながら、いい年をして多量に射精したことが恥ずかしい。しかも、経験のない処女にしごかれて果てたなんて。

そのくせ、彼女の指がはずされると、もっとされたい気持ちが強まる。若い肢体を荒々しく責め苛みたい衝動を、聡史は懸命に抑え込んだ。

3

「何をぼんやりしているの⁉」

苛立った声で注意され、聡史は我に返った。裕美子が険しい顔つきでこちらを睨んでいる。

「あ、すみません」

すぐさま謝り、手にした鍬を振り上げる。

ここは山の畑である。昨日トラクターで耕したところに、畝をこしらえる作業の真っ最中だ。

鍬《くわ》で土を掘り起こし、片側に細長く直線上に盛りあげる。単調な作業のためか、どうかすると他のことを考えてしまう。

（美香さん、どうしてあんなことを――）

浮かぶのは、浴室での甘美なひととき。昨日の出来事が、ずっと頭を離れない。

彼を射精に導いたあと、美香はシャワーでソープの泡とザーメンを洗い流し、すぐに出ていった。そのまま一緒にいたら彼女に襲いかかったかもしれず、ひとりになった聡史は安堵のため息をついた。

邪念を振り払うように髪を洗ったあと、聡史はのぼせそうになるまで湯につかった。美香と顔を合わせるのが気まずかったからだ。

風呂から上がって台所に行くと、囲炉裏のそばに置かれた丸い卓袱台《ちゃぶだい》に、料理が並んでいた。

『ご飯、できてますよ』

声をかけてくれた美香は、エプロンをはずしていた。浴室での奉仕で濡れたからだろう。

そして、やはり気まずいのか、目を合わせようとしない。頬も赤らんでいた。

『あ、ありがとう』

ぎこちなく礼を述べ、卓袱台に向かう。給仕されて、聡史は『いただきます』と手を合わせた。

　おかずは焼き魚と炒め物、他に漬物とサラダがあり、味噌汁の具は茄子《なす》だった。

　瑞奈に指名されて、おさんどんに来たのである。家事手伝いをしているとのことだから、料理が得意なのだと思っていた。

　ところが、お世辞にも美味しいとは言えなかった。

　焼き魚は焦げが目立ち、尻尾の部分が炭化していた。炒め物は塩の固まりがあり、味つけにムラがあったばかりか、味そのものも微妙だった。

　味噌汁は味が薄く、出汁《だし》の風味が強すぎる。ご飯も水気が多くべちゃっとしており、普通に食べられたのは漬物とサラダぐらいか。これなら自分で料理をしたほうがマシだと思えた。

　それでも、わざわざ家まで来て、作ってくれたのである。文句を言ったら罰が当たると、黙って食事を続けたところ、

『やっぱり美味しくないですよね』

　美香が落胆をあらわにつぶやいた。彼女は給仕だけで箸をつけず、こちらをじっと見守っていたから、聡史の浮かない表情で悟ったらしい。

『いや、そんなことないよ』

取り繕《つくろ》った返答に、美香が悲しげな顔でかぶりを振った。

『わかってるんです。わたし、何をやっても上達しなくて……こんなことじゃ、誰もお嫁にもらってくれないって、母にもよく言われますから』

だったら、どうして瑞奈は、彼女をここに寄越したのだろうか。浮かんだ疑問を察したかのように、美香が打ち明ける。

『瑞奈さんにも言われたんです。村で暮らしていきたいのなら、ちゃんと嫁げるだけの力量を身につけなくちゃいけないって。だから修行のつもりで、田倉さんのお世話をすることになったんです』

前時代的な風習が未だに残る牝神村では、家事なり農業なり、何らかの『手に職』がないと一人前と認められないのか。だが、美香は不器用らしく、料理は不得手のようだ。もしかしたら、掃除や洗濯も。

だったら、村に見切りをつけて、他の地へ移ればよさそうなものである。まだ若いのだし、可能性は無限にあるのだから。

ところが彼女には、そんな気持ちは一切ないようだ。

『わたしはこの村が好きだから、ずっとここで暮らしていきたいんです。だけど、家は兄が継ぐので、残るためにはお嫁にもらわれるしかなくて』

そう言って、悲しげに鼻をすする。料理も満足にできないようでは、どこの家も迎えてくれないらしい。若さと愛らしい見た目でどうにかなるほど、ここでの暮らしは甘くなさそうだ。

『真面目に頑張っていれば、料理だってそのうち上手になるよ』

聡史が慰めても、美香は泣きそうに目を潤ませただけであった。

高校を出てから、三年も頑張ってきたのである。なのに進歩しないから、才能も力量もないと絶望しかけているのが窺えた。

聡史のところへ来たのは、瑞奈に言われたのに加え、自らを追い込む意図もあったのではないか。実家ではなく余所の家となれば、何らかの成果を出さねば暇を出される。火事場の馬鹿力を期待しての挑戦だったというのは、考えすぎだろうか。

残念ながら、それでも成果はあげられなかった。

セクシーな格好で背中を流し、ペニスまで愛撫したのは、とにかく男を喜ばせられるようになりたいと、悩んだ挙げ句の行動だったに違いない。一夜明け、畑で畝をこしらえながら、聡史はそんなふうに解釈した。

(——何としてでも村に残りたいって強い気持ちが、美香さんにあそこまでやらせたんじゃないかな)

女として認められたいと思い詰めていたからこそ、経験もないのに、あそこまで大胆なことができたのだ。年頃らしく性的な行為への関心もあったろうし、男をイカせる方法について、事前に調べたのではないか。

おかげで、聡史は狂おしい悦びにひたり、たっぷりとほとばしらせたのである。

(……気持ちよかったな)

いたいけな手指の感触と、ぎこちない摩擦を思い出してモヤモヤする。

「まったくなってないわね」

裕美子のあきれた声に、聡史はドキッとした。あらぬことを考え、集中していなかったのを見抜かれたのか。

聡史が恐る恐る顔をあげると、バツイチ美女が不機嫌をあらわに舌打ちをした。彼女はすぐ隣で畝を作っていたのである。

「ねえ、振り返って見てみなさいよ」

言われて顔を後ろに向ければ、ふたつの畝が並んでいた。しかし、その差は歴然としている。

裕美子の畝は真っ直ぐで、盛り土の高さも一定だ。ところが、聡史のものは酔っぱらいが歩いた跡みたいにくねくねで、盛り土も低かったり高かったり、まったく揃っていない。

「どうしてこうなったのか、わかる？」

キツい眼差しでの問いかけに、聡史はすぐに答えられなかった。不用意な発言をしたら、いやらしいことを考えていたと悟られる気がしたからである。

すると、彼女がやれやれというふうにため息をつく。

「初めてだからうまくいかないなんて言わないでね。もっと根本的な問題があるの」

「……根本的って？」

「ていうか、肉体的って言うべきかしら」

裕美子は鍬を脇に倒すと、こちら側の畝に入ってきた。聡史の目の前まで進み、顔を覗き込むように見つめてくる。

ふわ——。

土の匂いが立ちこめる畑の中で、甘酸っぱい汗が鮮やかに香る。思わず小鼻をふくらませ、深々と吸い込んでしまった。

彼女はオレンジ色のツナギを腰まで脱ぎおろし、袖《そで》をウエストに巻きつけていた。上半身は白いTシャツで、汗で湿った胸元に、赤いブラジャーが透けている。

初対面の印象こそよかったが、そのあと厳しくされたためもあって、聡史は裕美子を異性として意識していなかった。今日もこの場所で再会したときから、また叱られるのではないかとビクついていたのである。

そのせいで、不意打ちみたいに嗅がされた女らしいかぐわしさに、図らずもときめいたのだ。

「問題なのはここよ」

そう言うなり、彼女は聡史の腰を勢いよくばちんと叩いた。左右から両手で挟み込むようにして。

「いたた」

思わず声をあげると、「情けないわね」と睨まれる。

「腰よ、腰。あなたは腰に問題があるの。少しも安定してなくてフラついてるから、畝がこんなに曲がっちゃうのよ」

頭から決めつけられ、聡史はむしろホッとした。淫らなひとときを思い返し、心ここにあらずだったなんて悟られたくなかったのだ。

「わ、わかりました。ちゃんと鍛えます」

殊勝《しゅしょう》に述べるなり、裕美子がはめていた軍手をはずす。

「じゃあ、特訓よ」

聡史はうろたえた。すぐ前にしゃがみ込んだ彼女に、ズボンのベルトを弛《ゆる》められたからである。

(え、なんだ?)

訳がわからず動けないでいると、ズボンとブリーフを無造作に脱がされる。

「ちょ、ちょっと」

剝き出しになった股間を、焦って両手で隠す。けれど、邪険に振り払われてしまった。その上、うな垂れた器官を乱暴に摑まれる。

「あああ」

聡史はのけ反り、膝をカクカクと震わせた。

(何なんだよ、いったい)

腰の特訓と言いながら、どうしてそんなところをさわるのか。戸惑いながらも、敏感な部分を揉むようにされ、たちまち海綿体が充血した。

「ベタベタしてる。それに、ちょっとくさいわよ。ちゃんと洗ってるの?」

こちらを見あげた裕美子に顔をしかめられ、聡史は顔を歪めた。

(いや、無茶いうなよ)

農作業の真っ最中だったのである。天気がいいから汗をかいたし、股間が蒸れるのは当然である。彼女のほうだって汗ばんで、甘ったるい匂いをさせているのだ。

もっとも、裕美子は本気で気分を害したわけではなさそうだ。秘茎から手をはずすことなく、そそり立つまでしごいてくれたのだから。

（うう、こんなのって……）

聡史は目に屈辱の涙を滲ませた。

しなやかな手指が気持ちよかったのは確かだ。だが、まっ昼間の戸外で恥ずかしいところをあらわにされ、欲望を漲らせた状態まで目撃されたのである。どうして平然としていられようか。

瑞奈と山の上で戯れたときとは、状況が著しく異なる。あれはふたりの気分が高まった上での行為だった。今はロマンチックな雰囲気などカケラもなく、一方的に弄ばれているのだ。

そもそも、何をするつもりなのか。

「膝を曲げて、腰を落としなさい」

居丈高《いたけだか》な命令に逆らえず、聡史は言われるままに従った。

「うん、それでいいわ」

位置を決めると、裕美子が勃起を強めに握る。快感が高まり、太い鼻息がこぼれた。

「それじゃ、腰を前後に動かしなさい。精液が出るまでね」

「え？」

「聞こえなかったの？　さっさとやりなさい」

左手で太腿をぴしゃりと叩かれ、聡史は慌てて腰を前後に動かした。それにより、固定されたバツイチ美女の手で、分身が摩擦される。

（――いや、これが特訓なのかよ）

ようやく彼女の意図がわかった。中途半端に屈んだ姿勢でのピストン運動で、腰を鍛えさせるつもりなのだ。ペニスを握られているから快感も得られて、まさにアメとムチによる支配か。

とは言え、いかほどの効果があるのか、はなはだ疑問である。こんな付け焼き刃の鍛え方で、畑仕事が上達するとも思えない。

さりとて、手筒から出たり引っ込んだりする亀頭を見つめる裕美子は、すっかり悦に入っている様子である。あるいは、以前にも同じ方法で、農業初心者を指導したことがあるのだろうか。

「ふふ、オチンチンがこんなに腫れちゃってる。ちゃんとイクまで頑張るのよ」

特訓という名目ながら、ただ面白がっているだけのようにも思えた。

（たしかに気持ちいいけど……）

心地よい摩擦で、是が非でもほとばしらせたい心境になっていたのは事実だ。けれど、からだがキツすぎる。腰よりも、太腿がパンパンに張って痛くなった。

昨日、トラクターで耕した畑は、土が軟らかくほぐれている。そのせいで足元が不安定だ。どうかするとよろけそうになるため、必死で踏ん張らねばならない。

結果、上昇しそうになるとからだがぐらつき、バランスを立て直すために気が殺がれる。なかなか頂上に行き着けず、カウパー腺液ばかりが滴った。

「ちょっと、まだなの？」

裕美子も焦れてきたようだ。だったら手を動かしてくれればよさそうなものの、自分から始めた手前、方針を変えるのはプライドが許さないようである。

「こんなにいっぱいお汁をこぼしちゃって。もうイキそうなんじゃないの？」

眉をひそめて睨まれても、聡史にはどうすることもできない。

（おれだって出したいけど）

太腿がいよいよ限界で、膝もガクガクしてきた。間違いなく、明日は筋肉痛で動けなくなるだろう。

そのとき、聡史は気がついた。しゃがんだ裕美子の腰が、もどかしげにくねっていることに。

（ひょっとして、いやらしい気分になっているのか？）

猛る牡器官の脈打ちをダイレクトに感じ、男がほしくなったのだろうか。いや、そもそも聡史の下半身をあらわにしたのは、ペニスを見、さわりたかったためだとも考えられる。

彼女がいつ離婚したのかは聞いていない。だが、これから女盛りを迎えるというのに、パートナーがいなくなったのだ。沙月のように、夜這いで欲望を発散する手はあるが、そう頻繁にとはいかないだろう。

（欲求不満だから、おれのチンポをさわりたくなったのかも）

特訓も、ただの口実だったのではあるまいか。

そもそも聡史を罵ったのだって、本当は親密にふれあいたいという気持ちを隠すためだったのかもしれない。異性を意識しはじめる年頃の男子が、好きな女の子をいじめるみたいに。

裕美子の仏頂面《ぶっちょうづら》が、妙に可愛く見えてくる。聡史は分身に力を送り込み、雄々しい脈打ちを柔らかな手指に伝えた。

「あん」

彼女が悩ましげに眉根を寄せる。艶めいた眼差しが、濡れて赤みを際立たせる穂先に注がれた。

（やっぱりその気になってるんだ）

聡史は確信した。そして、ここはどう対処すべきかと、頭をフル回転させる。

「裕美子さん」

呼びかけると、バツイチ美女の肩がビクッと震えた。

「な、なに？」

「裕美子さんの手、柔らかくって気持ちいいんですけど、これだと精液を出すのは無理みたいです」

「だったらどうしろっていうのよ？」

「もっと気持ちのいいところに挿《い》れたら、ちゃんと出せると思います」

それがセックスを示唆していると、彼女もわかったはずである。目を落ち着かなく泳がせ、手にした強ばりを強く握ったから。

「ど、どうしてあたしが、そこまでしなくちゃいけないのよ」

「だけど、腰を鍛えることに変わりはないはずです」

聡史は、立ったままのセックスを想定していた。向かい合って挿入し、ピストン運動をすれば、肉体的な負担は一緒である。手で握られるか、膣で締めつけられるかの違いだけで。

その場合、裕美子のほうも快感を得られるのである。

「図々しいんだから……要はオマンコに挿れたいだけでしょ」

露骨な言葉遣いは照れ隠しであったろう。快楽への期待で表情が緩みかけたらしく、懸命にしかめっ面をこしらえるのがいじらしい。

「はい。是非お願いします」

「しょうがないわ。これも腰を鍛えるためだものね」

口実はそのままに、彼女が肉体を繋げることに同意する。ペニスを解放して立ちあがると、ウエストで結んでいたツナギの袖をほどき、足首まで落とした。

そちらは日に焼けていない、ナマ白い太腿があらわになる。農作業で鍛えているためか引き締まっているものの、女らしい色香は損なわれていなかった。

「挿れる前に、オマンコをちゃんと濡らしてちょうだい」

年上を相手に、裕美子は教え諭す立場を崩さない。Tシャツをたくし上げ、ブラジャーと同じく赤いパンティをあらわにした。

農作業をするのだから、下着に気を配る必要はない。なのに、きちんと上下を揃えているところに、アラサー女子の心根を垣間見た気がした。

(最初から、おれとこういうことをするつもりだったのかも)

秘めた想いを受け止め、「わかりました」と素直に返事をする。今度は聡史がしゃがみ込み、軍手をはずして赤い薄物に手をかけた。

「脱がします」

いちおう断ってから、真下に引き下ろす。逆立った秘毛があらわになると同時に、ヨーグルトに似た薫香が熱気みたいに放たれた。

(自分だって、こんなに匂うんじゃないか)

さっき、男の性器をくさいと非難したくせに。

もっとも、正直な女陰臭は好ましいばかりで、少しも不快ではない。裕美子のほうも嘲《あざけ》ったのは口先だけで、きっと同じ心持ちだったのだ。

濃く繁った叢《くさむら》は、色白の下腹部とのコントラストが鮮やかだ。正面からでは、肝腎な佇まいが確認できない。

「もう少し脚を開いてください」

お願いすると、彼女がよろけながらも聞き入れてくれる。少しフラついたのは、足元の土が柔らかで、安定しないからだろう。

膝で止まっていたパンティが伸び、内側が視界に入る。クロッチの裏地は白い綿布で、黄ばんだそこに透明な露《つゆ》がきらめいていた。

(なんだ。もう濡れてるんじゃないか)

本人もわかっていたはずである。なのに、わざわざ愛撫を命じたのは、昂奮状態にあるのを悟られたくなかったからであろう。

素直じゃないなと胸の内で苦笑しつつ、秘め園に顔を寄せる。裕美子も腰を突き出すようにした。恥ずかしいところを舐められたいのだ。

「あふっ」

繁みを唇でかき分けただけで彼女が喘ぎ、腰を震わせる。すでにたまらなくなっているようだ。

濃密になったかぐわしさにうっとりしながら、湿地帯へと舌を忍ばせる。花びらしきものを捉えるなり、

「あ、ああッ」

鋭い声が耳に入る。聡史は頭を両手で摑まれ、ぐいと引き寄せられた。

「むぅ」

鼻面が陰部にめり込み、呼吸がしづらくなる。それでも窪地を抉《えぐ》るようにねぶれば、

バツイチ美女が「くうう」と呻いた。

「そ、そこ……もっと舐めて」

真っ正直な匂いと味を知られたと、彼女もわかっているのである。それでも、羞恥以上に悦びを求める気持ちが勝っているようだ。

期待に応えるべく、聡史は敏感な肉芽を探った。

「ああっ、い、いい、そこぉ」

ポイントを捉えたらしく、よがり声が大きくなる。

恥苑に滲む愛液は粘りが少なく、塩気が強かった。農作業で汗をかいていたからだろう。疲れていた聡史には、むしろ有り難かった。

(いい塩分補給になりそうだ)

もっと飲ませてもらうべく、クリトリスを念入りに転がす。

「いいいい、か、感じすぎるぅ」

裕美子があられもなく身をくねらせる。足を取られてよろけそうになったため、聡史はヒップを両手で摑んで支えた。

(けっこうおしりが大きいんだな)

ツナギだから目立たなかったが、出るところの出た女らしいボディだとわかった。

臀部もぷりぷりで、手ざわりもなめらかだ。

尻ミゾは汗で湿っていた。指を入れてまさぐれば、恥ずかしいツボミを捉える。

「ば、バカ、そこは――」

抗うようにすぼまるのが愛らしい。指先で軽くこすりながら秘核を吸いねぶると、裕美子の反応がいっそう派手になった。

「イヤイヤ、し、しないでぇ」

などと口にしながら、今にも崩れ落ちそうに膝を震わせる。二点責めで、かなり高まっているのが窺えた。

さりとて、このまま頂上まで導くのは難しいだろう。聡史もそうだったが、足元が不安定だから快感に集中できないのだ。場所を変えたほうがいい。

「ちょ、ちょっと待って」

彼女も同じ思いだったらしく、クンニリングスを中断させた。

「ここでしてたら、せっかく作った畝が壊れちゃうわ。あっちに行きましょ」

いちいち理由を付け加えるあたり、まだ欲望本位になりきれていないと見える。

(こうなったら、徹底的に感じさせてやるぞ)

彼女に淫らなおねだりをさせるのだ。聡史は密かに決意した。

4

今日はトラクターを運ぶ必要がなかったため、裕美子も軽トラで来ていた。荷台に丸めたラグが積んであり、それをおろして地面に広げる。

(どうしてこんなものを?)

やはり最初から淫らなことをするつもりで、横になるための敷物を準備していたというのか。

「農作業で疲れたときのお昼寝用に、いつも積んでいるのよ」

聡史の訝る視線に気がついたか、裕美子が口早に説明する。

真偽は不明ながら、ラグは古い物のようだ。戸外で使われていたのは間違いあるまい。広さは二畳ぶんぐらいで、ふたりで休むのにちょうどいい。

とは言え、昼寝をするつもりなどさらさらない。

裕美子はツナギとパンティを脱ぎ去ると、ラグに仰向けで寝そべった。曲げた両膝を抱えて開き、羞恥帯を全開にする。さっき悪戯《いたずら》した、褐色のアヌスもまる見えだ。

「ねえ、舐めて」

赤らんだ頬で舌奉仕を求める。大胆なポーズと恥じらいのギャップに、大いにそそられた。

「わかりました」

聡史も下半身すっぽんぽんになると、躊躇せず女芯に顔を埋めた。

「あああっ」

嬌声が山の畑に響き渡る。もっとも、それを耳にする人間は、ふたりの他に誰もいない。

さっきよりも舐めやすくなったので、聡史は舌を縦横に躍らせた。指で秘毛をかき分けて、物欲しげに息吹く蜜穴も観察する。

(ああ、挿れたい)

猛る分身をすぐにでもぶち込み、腰を大胆に振って抜き挿ししたい。胸を衝《つ》きあげる欲求を抑え込み、代わりに舌で深々と抉った。

「イヤッ、あ、あっ、それいいっ」

相反する言葉を口にしながら、裕美子が掲げた艶腰をくねくねさせる。溢れる蜜をぢゅぢゅッと吸われ、「あひぃッ」と甲高い声で啼いた。

「ああ、あ、もっとぉ」

秘苑を唾液まみれにされて、バツイチ美女がよがる。夫だった男にも閨房《けいぼう》で同じことをされ、はしたない声をあげたのだろうか。

そんなことを考えたら、顔も名前も知らないそいつに、ライバル心がこみあげる。今は自分が彼女の男なのだと、硬くなった花の芽を舌でぴちぴちとはじいた。

「い、い、い、あああっ」

ラグの上で、裸の下半身が上下にはずむ。息づかいがせわしなく、順調に高まっているのがわかった。

（よし、このまま——）

今度こそ絶頂に至らしめようと、舌を休みなく律動させる。愛液をまといつかせた指で、秘肛をヌルヌルとこすりながら。

「イヤイヤ、それダメぇ」

悩乱の声を放ち、女体が歓喜の極みへと駆けあがる。

「イクッ、イクッ、イクッ、ダメぇえええっ！」

裕美子が膝を手離し、体躯をぎゅんと反らす。内腿で聡史の頭を強く挟み、「う、ううっ」と苦しげな呻きをこぼした。

（イッたんだ）

ひとつめの目的を遂げ、胸に喜びが広がる。しかし、これで終わらせるわけにはいかない。

「ハッ——ふはっ、はあ……」

胸を大きく上下させる彼女の手を引っ張り、無理やり起こさせる。

「え、なに？」

顔をしかめるのもかまわず、聡史は裕美子をその場に立たせた。

「さっきの続きをしましょう」

「え？」

「おれの腰を鍛えるんですよね」

フラつく女体を支え、脚を開かせる。聡史は腰を落とし、聳《そび》え立つペニスで女芯を下から狙った。

「このまま挿れますよ」

「あ、ま、待って」

彼女が躊躇するのもかまわず、対面立位で蜜穴に挿入した。

「あひぃいいいいっ！」

絶頂した直後である。一気に貫かれ、裕美子が長く尾を引く嬌声を放った。のけ反って後ろに倒れそうになるのを抱き寄せ、事なきを得る。

(うう、気持ちいい)

甘美な締めつけを浴びて、聡史は身を震わせた。

先刻は、こちらが腰を振るセルフ手コキで高まりながらも、なかなか射精できなかったのである。そのぶん、まといつく柔ヒダの心地よさは格別だった。

「ば、バカ。あたし、イッたばかりなのに」

舌をもつれさせ気味に裕美子がなじる。膝がわななき、今にも崩れ落ちそうだ。硬い肉根が文字通りつっかえ棒になって、どうにか立っているというふう。

「おれはまだイッてませんから」

煙に巻く返答をして、腰を振る。さっきのように中腰の姿勢で、今度は手筒ではなく、蜜穴に分身をこすられた。

「あ、あ、あ、あん」

裕美子がよがる。立った姿勢でも、抽送されれば感じるようだ。

「もう……ど、どうして立ったままじゃなくちゃいけないのよ」

自分から始めたことなのに、そんな不平を口にする。ずいぶん勝手だなと思いつつ、聡史はかまわずピストン運動を続けた。

「イヤイヤ、だ、ダメなのぉ」

抗いながらも、彼女の声は甘えた響きを帯びていた。

(ほら、こういうのがいいんだろ)

力強く突きあげれば、「おぅおぅ」と低いよがり声で応える。さんざんキツいことを言われたお返しのつもりで、聡史は立位のセックスを続けた。

しかしながら、腰と太腿がかなりつらい。さっき酷使した影響が残っていたのだ。

さりとて、今さらやめるわけにもいかない。どうしようかと懊悩《おうのう》していると、裕美子のほうが折れてくれた。

「ね、ね、お願い。横にならせて」

快感はあっても、立ったままではのめり込めないようだ。

「でも、横になったら特訓にならないよ」

ようやく対等になれたと、聡史は言葉遣いを改めた。

「と、特訓なんてどうでもいいの。普通にエッチして」

「普通ってどういうの?」

「正常位でオチンチンを挿れて」

そこまで言われたら、希望に応えねばなるまい。

「裕美子さんって、けっこういやらしいんだね」

含み笑いで言うと、彼女が不機嫌そうに眉をひそめる。それでも、男を求めずにいられなかったらしい。

「いいから、早く抜いて」

急かされて、腰を落とす。亀頭が膣口からはずれると、裕美子はすぐさまラグに寝転がった。また立ったまま挿入されたくなかったのだろう。

「ほら、早く挿れて」

クンニリングスをせがんだときと同じ、膝抱え開脚ポーズをとる。抜いてと言った直後に挿れてとは、まったくワガママな女だ。

だが、今や主導権はこちらにある。聡史は膝をつくと、前に傾けた肉槍《にくやり》の穂先で、濡れ割れをヌルヌルとこすった。

「くうぅーン」

裕美子が仔犬みたいな声を洩らす。熟れ頃の腰をくねらせ、蕩けた眼差しを向けてきた。

「ね、ねえ」

一刻も早くひとつになりたいと、色めいた声でせがむ。

「これがほしいの？」

切っ先で膣口を浅くほじると、彼女は焦れったげに「そうよ」と答えた。

「どこにほしいの？」

質問を重ねることで、こちらの意図が伝わったらしい。淫らなことを言わせたいのだと。悔しげに顔を歪めた裕美子であったが、悦楽を求める気持ちには抗えなかったようだ。

「お、オマンコ」

さっきは自ら口にしたのに、今回はやけに早口だ。おまけに、言うなり頬を赤らめたのである。

（あんなに生意気だったのに、けっこう可愛いところがあるじゃないか）

聡史は大いに満足し、女体の奥深くへと身を沈めた。

「あふ……ううン」

裕美子が首を反らして喘ぐ。迎え入れた剛直を、濡れ穴でねっちりと締めつけた。

「おお」

聡史も感動の声を洩らし、総身をブルッと震わせた。

（なんて気持ちいいんだ！）

立位で挿入したばかりなのに、快感の度合いがまったく違う。より深く結ばれた心地がした。

聡史は彼女に抱きつき、身をぴったり重ねた。かぐわしい汗の香りに包まれ、気ぜわしいピストンを繰り出す。

「ああっ、あ、あん、いやぁ」

裕美子がすすり泣き交じりによがる。交わる性器も、ぬちゅぬちゅと卑猥な音をこぼした。

彼女の内部が徐々に熱くなる。愛液の湧出量も増し、気がつけばふたりの股間がじっとりと湿っていた。

(すごく濡れやすいんだな)

なのに男なしで暮らしているなんて。独り寝の夜は、かなりつらいのではないか。

(そうすると、夜這いをしているのかも)

裕美子の家は村の中心に近いというから、聡史の家とは離れている。だが、こういう関係になったのだ。夜這い相手にちょうどいいと、軽トラで乗りつけてくるかもしれない。

そんなことを考えるあいだにも、彼女は順調に高まった。

「ね、ね、もっと奥ぅ」

両脚を牡腰に絡みつけ、深い結合をねだる。リクエストに応じ、聡史は真上から腰を叩きつけるように交わった。

「あひっ、ハッ、あふっ、ふぅううウン」

頭を振って髪を乱し、裕美子が快感にのめり込む。目を閉じた面差しが色っぽく、聡史は許可も得ずに唇を重ねた。

「ンふっ」

幸いにも拒まれることなく、彼女のほうから舌を与えてくれる。

(おれ、裕美子さんとキスしてる)

くちづけを交わしたことで、ふたりのあいだを熱情が行き交う。上と下で深く結びつき、全身で快さにひたった。

ピチャ……チュウっ——。

甘い唾液をすすり取って喉を潤す。身も心も彼女とひとつになった気がした。あんなに罵られ、従わされたのが嘘のようだ。

「ふはっ」

息が続かなくなったか、裕美子がくちづけをほどく。潤んだ目で聡史を見あげ、濡れた唇を色っぽく舐めた。

「……あ、あたし、またイッちゃいそう」

それを聞いて、聡史も急速に高まるのを覚えた。

「おれも、もうすぐ」

「ね、中に出して。白いのを、オマンコにいっぱいちょうだい」

淫らなおねだりに、背すじがゾクゾクする。

「わかった」

聡史は荒々しく女体を責め苛み、喜悦の声をあげさせた。

「くぅう、す、すごい……オチンチン、硬いのぉ」

暖かな陽光が降り注ぐ午後、ふたりは汗にまみれて快楽を貪った。畑作りをしていたことなど、とうに忘れて。

「イヤイヤ、あ、ああっ、イク、いっちゃう」

裕美子が頂上へ駆けあがる。ひと呼吸置いて、聡史のからだにも歓喜のさざ波が広がった。

「ああ、ゆ、裕美子さん」

「イクッ、イクッ、オマンコいっちゃうぅ」

「おおお、で、出る」

ふんふんと鼻息をこぼし、熱い坩堝《るつぼ》の奥へとザーメンを注ぎ込む。

「ああーん」

彼女の悩ましげな声は、熱情を受け取った証のように聞こえた。

第四章　ほしがる美女にタネを蒔く

1

美香は二日続けて食事を作りに来てくれた。

「べつに毎日来なくていいんだよ」

「だけど、田倉さんはお疲れなんですから。慣れない農作業で苦労しているはずだって、瑞奈さんにも言われてますので」

聡史はギョッとした。別の理由で疲れているのを、見透かされているのかと思ったのである。

もちろん、そんなことはあり得ない。なまじ後ろめたい気持ちがあるせいで、勘繰りすぎてしまったのだ。

何しろ、農作業をほったらかして、バツイチ美女と快楽を貪ったのだから。

対面立位から正常位という流れで交わったあと、絶頂した裕美子はしばらくぐったりしていた。けれど、虚脱状態から抜け出すと、再び求めてきた。

『あたしをその気にさせておいて、たった一回で終わらせようなんて虫がよすぎるんじゃない？』

虫がいいのはどっちだと思わないではなかったが、セックスを求めたのはこっちである。反論はためらわれた。

『だいたい、ダンナと別れてからしてなかったんだし、あたしのカラダに火をつけたのはあなたなのよ』

これに、聡史は驚きを隠せなかった。いきなり下半身を脱がせてペニスを握るなど、大胆極まりない行動を示されたのである。普段から欲望本位に振る舞っているのかと思ったのに。

『夜這いはしないんですか？』

つい質問してしまうと、思いっきり睨まれた。

『そこまで飢えてないわよ』

説得力のかけらもない主張に、あっ気にとられる。夜這いの風習があるのは確かながら、誰もがしているわけではないというのか。

裕美子は年上の聡史にもタメ口だったし、いかにも負けん気が強そうだ。男に弱みを見せたくなくて虚勢を張り、夜這いなどしないのかもしれない。

ともあれ、インターバルを置いての二回戦に突入。強烈なバキュームフェラをされて復活した聡史が仰向けで寝そべると、彼女は騎乗位で跨がった。自らその体位を望んだのだ。

『ああーん、硬いオチンチン、好きぃ』

屹立を受け入れた裕美子ははしたなくよがり、大胆に腰を振った。やはり男を支配し、尻に敷くことを好むようだ。彼女が二度の頂上を迎えたあと、聡史も精を噴きあげた。

かくして、予定していた畝作りを終わらせられず、農作業はお開きとなった。裕美子はまだ元気そうだったが、聡史は腰が安定せず、鍬を振りあげる力も残っていなかったのである。

よって、疲れて帰宅したのは事実。食事をこしらえてもらえるのはありがたい。たとえ美味しくなくても、栄養補給ができて空腹が満たされれば、それでよかった。

但し、それ以上の奉仕は望まない。

「昨日みたいに、背中を流さなくていいからね」

夕食の前に風呂を勧められた聡史は、美香にあらかじめ念を押した。あんなことまでする必要はない、もっと自分を大切にしなくちゃと、昨日も諭したのである。彼女は神妙な面持ちでうなずいた。

とは言え、聡史は村に来て間もないのに、すでに三人の女性と肉体を繋げている。そんなお説教をする資格はないのだ。

長風呂でさっぱりして台所に行けば、卓袱台に支度がととのっていた。豚肉の生姜焼きに千切りキャベツを添えたものと、野菜が多めの湯豆腐。他に山菜のゴマ和《あ》えと、味噌汁の具はワカメとネギであった。

栄養のバランスをしっかり考えているのがわかるメニューが嬉しい。ただ、味はやはりいまいちで、生姜焼きは醤油焼きに等しかったし、湯豆腐は昆布だしの主張が強すぎた。味噌汁は相変わらず薄く、今日のご飯は硬めだった。

(そんなに難しい料理を作っているわけじゃなさそうなんだけど)

適度なところを見極めることが不得手らしい。そのため分量や味つけが過剰になったり、不足したりするのではないか。生来の不器用さからくるものであれば、改善するのに苦労しそうである。

「やっぱり美味しくないですよね」

美香がため息交じりにこぼす。今にも泣き出しそうに目が潤んでいた。

「まあ、けっこう進歩していると思うよ」

ほとんど根拠のない慰めに、彼女は小さくかぶりを振った。

「わかってるんです。わたし、何をやってもダメだから」

昨日にも増して落ち込んでいるのが窺える。

「そうやって自分を悪く言うのはよくないよ。美香さんにだって、絶対にいいところがあるんだから」

「そんなことありません。昔っから失敗してばかりで、親や先生にさんざん叱られてきましたから」

学校の勉強も理解していないわけではないのに、テストになると解答欄を間違えたり、頓珍漢《とんちんかん》な答えを書いたりで、成績が振るわなかったという。また、掃除をすれば必ず何かを壊すし、農作業を手伝うと野菜を枯らすしで、期待どおりにやり遂げた経験が皆無だと打ち明けた。

（それ、本当なのか？）

聡史は半信半疑だった。

美香は見るからに愛らしく、性格もよさそうだ。不器用なのは間違いなくても、そこまで失敗を繰り返すとは思えない。

(ひょっとして、何かタチの悪いものに取り憑《つ》かれているんだとか)

しかし、いくら前時代的な風習の残る村だからといって、そんなオカルトじみたことはあるまい。ただ、彼女にとっては取り憑かれているにも等しく、深刻な問題のようだ。

「わたし、このままだと村から追い出されるかもしれません。何の役にも立たない女は、村にはいらないんです」

「だけど、さすがに考えすぎなんじゃない？　だって、この村は女性を大切にしているって聞いたけど」

「それは、村の繁栄に役立つ女性に限られるんです。子孫を増やすとか、仕事や家事で役に立つとか。わたしは何をやってもダメだし、お嫁にもらわれなければ子供も産めないから、ただのお荷物にしかならないんです」

掟《おきて》では村民同士が助け合い、協力することを求めていた。お荷物だから出て行けなんて考えが当たり前なら、あんな掟は作らないのではないか。

ただ、尊重される立場だからこそ、相応のものが求められるというのも納得できる。

だから美香は、村で暮らしていきたいのなら嫁げるだけの力量を身につけるよう言われて、この家に来たのである。まあ、しっかり上達するよう発破をかけるために、瑞奈はわざと厳しいことを言ったのかもしれないが。

（牝神村の女性たちは、敬われるだけに大変なのかも）

そうやって選ばれた存在だからこそ、魅力的なひとが多いのか。思いつつ、聡史は山菜のゴマ和えに箸をつけた。見た目はゼンマイのようであったが、

「あ、これ、旨いね」

思わず声に出したほどに、好みの味であった。

「本当ですか？」

美香の表情が、やっと明るくなる。

「うん。山菜のえぐみも青くささもあまりないし、歯ごたえもいいね。茹で加減がちょうどいいんじゃないかな。それに、ゴマの風味がすごく合ってる」

手放しで褒めると、彼女ははにかんだ微笑をこぼした。多少なりとも自信を得た様子である。

「それ、わたしが山で採ってきたんです。田倉さんに喜んでいただけたらと思って」

「そうなんだ。すごく美味しいよ。酒の肴《さかな》にも合うんじゃないかな」

「よかった……あの、タッパーに入れてたくさん持って来たんです。冷蔵庫にありますから、寝酒のお供にでもしてください」

「うん、そうさせてもらうよ」

不思議なことに、ゴマ和えのあとで他のおかずを食べると、そちらも味がよくなった。人間の味覚に働きかける成分でも含まれているのだろうか。

(素敵な女性がいる村だから、山菜も美味しいんだな)

さしたる根拠もなく結論づけ、舌鼓《したつづみ》を打つ。ご飯も味噌汁もおかわりしてお腹いっぱいになり、聡史は大満足であった。

2

翌日、恐れていたとおり筋肉痛になり、聡史は起きがけから呻きっぱなしであった。

(やっぱり無茶しすぎたんだよ)

特につらいのは太腿で、筋肉が鋼《はがね》みたいに張りつめている。それ以外にもからだの節々が悲鳴をあげており、できれば一日ゆっくり休みたかった。

しかし、そういうわけにはいかない。

『明日は畝を完成させるから、ちゃんと時間どおりに来るのよ』

昨日の帰り際、裕美子に念を押されたのである。乳繰り合って遅れたぶんの作業を取り戻すつもりなのだ。

彼女も筋肉痛ならば、今日は休みにしてくれるかもしれない。だが、対面立位をした時間は短かったし、肉体的な負担はあまりなかったであろう。何より、普段から農作業で鍛えているのだ。

聡史は軋《きし》む肉体に鞭《むち》打って、軽トラックで山の畑に向かった。

（ひょっとして裕美子さん、今日もセックスをするつもりでいるんじゃないか？）

運転中に、そんな考えが浮かぶ。あれだけ貪欲だったのであり、連日求められる可能性もゼロではない。

どうせ肉体を酷使するなら、畑仕事よりもセックスのほうがいい。騎乗位ならば、肉体的な負担は少なくて済む。

などと、牝神村に来た目的も忘れて、邪《よこしま》な希望を抱く聡史である。そうであってほしいと願いつつ、山の畑に到着した。

（あれ？）

聡史は首をかしげた。畑の入り口に、車が二台停まっていたからである。

一台は軽トラックで、昨日も乗っていた裕美子のものだ。そして、もう一台のミニバンは——、

(瑞奈さんが乗ってたやつじゃないか)

村に来た初日に乗せてもらった公用車である。ということは、彼女もここにいるのだろうか。

瑞奈に会えるのは嬉しかったが、裕美子が一緒となると話は別だ。関係を持ったふたりの女性と同時に顔を合わせるのは、気まずい以外の何ものでもない。

おそらく瑞奈は、農作業をどのぐらい頑張っているのか、確認しに来たのであろう。すぐに帰らず、最後まで見届けるつもりならば、裕美子と淫らな行為に及ぶのは不可能だ。

(ていうか、瑞奈さんにはみっともないところを見せられないぞ)

世話になったし、疲れて食事の支度もままならないだろうと、美香も雇ってくれたのだ。村の一員として頑張っているところを、是非とも見てもらわねばならない。

気持ちを切り替えて軽トラを降り、畑に向かう。そこには瑞奈と裕美子の、ふたりの姿があった。

「ふん。いちおう時間どおりね」

腕時計を見て、裕美子が偉ぶって顎をしゃくる。昨日、セックスをしながら熱烈に唇を交わしたのに、やけに余所余所しい。

（瑞奈さんがいたら何もできないから、不機嫌なのかも）

ツナギの前も、襟《えり》元までしっかり閉めている。昨日はTシャツに下着が透けていたのに、それすら見せない。今日はいやらしいことはしないという、無言の意志表示なのか。

「聡史君、元気だった？」

瑞奈はにこやかに訊ねてくれる。村を見おろす山の上で、抱き合って以来の再会だ。ジーンズがパツパツのむっちりした下半身を目にすると、条件反射みたいに劣情がこみあげる。

（いや、今は駄目だって）

ふたりっきりではないのだと、邪念を追い払う。

「ああ、はい。おかげさまで」

「美香ちゃんの料理はどう？　あの子、ちゃんとやってるかしら」

「ええと、それなりに」

言葉を濁した返答で、瑞奈も察したようである。

「頑張り屋さんでいい子なんだけど、不器用なのがね。ま、長い目で見てあげて」

穏やかな口振りからして、ちゃんとできないのなら村から出て行けみたいに、追い込んでいるわけではないらしい。むしろ、何とかしてあげたいという思いやりが感じられた。

「あの、料理も満足にできないと村にいられないみたいなことを美香さんが言ってたんですけど、それって本当なんですか？」

確認すると、瑞奈と裕美子が顔を見合わせる。ふたりとも、ちょっと困ったふうに眉根を寄せた。

「まあ、居づらいのは事実ね」

裕美子が答える。明文化された決まりがあるわけではないようながら、無言の圧力みたいなものが存在するのか。

「ちゃんとできないと追い出されるってわけじゃないの。ただ、これはってものを持ってないと肩身が狭いじゃない。たとえば勤め先でだって、言われた仕事ができないと周囲の視線がつらくなるでしょ」

瑞奈が付け加え、聡史は何となく理解できた気がした。やはり大切にされる存在だからこそ、求められるものも大きいのだろう。

「だけど、それは女だけに限ったことじゃないからね」

裕美子が腕組みをして目を細める。

「あんただって畑作りも満足にできないようじゃ、牝神村にいられなくなるわよ」

脅す口調にギョッとする。瑞奈も否定しないから、本当にそうなのか。

(たしかに、家から車から、すべて用意してくれたんだものな)

至れり尽くせりなのは、期待の表れである。なのに成果が得られなかったら、村に住まわせる意味はないわけだ。

(おれの場合、追い出されるだけじゃ済まないのかも)

身ぐるみ剝がされても追いつかず、村のためだと人柱にされるかもしれない。

「が、頑張ります」

背筋をのばして答えるなり、肉体に異変が起こった。

「いたたたたたた」

聡史は声をあげてひっくり返り、地面をのたうち回った。経験したことのない痛みに襲われたのである。

「え、どうしたの？」

瑞奈が駆け寄ってくる。心配して覗き込んできた彼女の顔も、聡史はまともに見られなかった。痛みのせいか、視界がやけにすぼまっていたのである。

「ううう、い、痛い」

どうにか答えると、裕美子が頭の下に手を入れてくれた。

「痛いって、どこ？」

聡史はすぐに答えられなかった。どこが痛いのか、自分でもよくわからなかったのだ。確かなのは、腰から下ということのみ。

「……か、下半身が」

「え、下半身？」

ふたりの視線がそちらへ向いたあと、聡史は瞼《まぶた》を閉じた。痛すぎて、目を開けているのもつらかった。

ズボンのベルトが弛められる。裕美子は頭を支えているから、おそらく瑞奈だろう。続いて、脱がされたのもわかった。ズボンだけでなく、ブリーフも。

ふたりとも肉体を繋げた間柄だ。ペニスを見られても平気である。そもそも恥ずかしがる余裕もない。

そして、締めつけがすべてなくなったことで、いくらか楽になった。体内で暴れ回っていた痛みのもとがおとなしくなり、ひとところに整列したみたいに。おかげで、どこが痛いのかがはっきりする。

(あ、キンタマだ)

ズキズキしているのは牡の急所——睾丸《こうがん》だった。錯覚なのだろうが、何かがいっぱいに詰まって破裂しそうな感じすらある。

だが、それはあながち間違っていなかったようだ。

「ああ、やっぱり」

瑞奈が言う。それに続いて、

「食べたんだね、あれを」

裕美子はあきれた様子であった。

(え、食べた?)

聡史は目をつぶったまま眉をひそめた。そんなおかしなものを口にした覚えはないのだが。

とりあえず瞼を開き、剝き身の下半身を目にするなり、顔が熱くなる。いつの間にかペニスが勃起し、亀頭をいつにも増して膨張させていたのだ。針でも刺したら、パチンとはじけそうなほどに。

「あ、あの、これは」

うろたえて、どうにか弁明しようとする前に、瑞奈がこうなった理由を明かしてくれた。

「聡史君、タヌキフグリを食べたでしょ」

「え、タヌ――」

「タヌキフグリ。山菜なんだけど。見た目はゼンマイに似てるかしら」

言われて、すぐさま思い出した。昨日、美香がタッパーに入れて持ってきたものを。

「あの、美香さんが山菜のゴマ和えを」

「やっぱりね。そうだろうと思ったわ」

裕美子が納得した面持ちを見せる。

「あの子、効能までは知らないんだろうし」

「え、効能？」

「あのね、タヌキフグリは、適量なら精力を増進させるの」

「要は男のひとを元気にするってこと」

「でも、食べ慣れないひとがたくさん食べると、精力が増進するどころか、爆発的に高まっちゃうのよ」

「ていうか、文字通りに爆発しちゃうかもね」

ふたりから代わる代わる説明され、聡史は蒼《あお》くなった。

「ば、爆発するって、どこが？」

「もちろんキンタマよ」

裕美子がさらりと言う。冗談じゃないと、聡史は気色ばんだ。

「ば、爆発ってそんな――」

「ちょっと裕美子さん、おかしなこと言わないで」

瑞奈に執《と》り成《な》され、裕美子がニヤニヤと笑う。面白がって脅かしただけらしい。悪趣味だと憤慨したものの、

「まあ、オチンチンが使いものにならなくなる可能性はあるんだけど」

世話になった人妻にまで、残酷なことを言われしまう。

「そんな……じゃあ、おれはもう――」

聡史は泣きそうになった。牝神村に来て、せっかく女性運が向いてきたと思ったのに、こんな悲しい結末を迎えるなんて。

昨夜、寝る前に小腹が空いたものだから、美香が冷蔵庫に入れておいたタッパーのタヌキフグリを食べたのである。けっこうな量があったから、小鉢一杯ぶんぐらいも平らげたのだ。

まさかあれが、こんな結果を生むなんて。知っていたら、もちろん口にしなかった。

「だけど、タヌキフグリとはよく言ったものよね。ここまで大きくなるなんて」

裕美子が牡の急所に手を差しのべる。頭をもたげた聡史には、どんな状態になっているのか見えなかったが、

「あうう」

すりすりと撫でられて、くすぐったさに身悶える。いつの間にか、股間の痛みは引いていた。

「わかる？　ここ、三倍ぐらいに大きくなってるのよ」

「え、さ、三倍⁉」

「裕美子さん、言い過ぎよ。せいぜい二・五倍ぐらいでしょ」

瑞奈の訂正も、ほとんど慰めにならなかった。

亀頭がいつもより赤く腫れているのは確かながら、それは精力が異常に高まっているためらしい。そして、睾丸はそれを上回って膨張しているようだ。

「いったい、おれのそこはどうなってるんですか？」

苛立ち半分で問い詰めると、ふたりはようやくちゃんと教えてくれた。

「要するに、精子が一時的に過剰生産されて、タマタマが大きくなってるの」

「そういうこと。だから、溜まったヤツを出しちゃえばいいのよ」

つまり、射精すれば症状が治まるというのか。

「まあ、ほっといても、そのうち元に戻るらしいけど」

裕美子の発言に、瑞奈は初耳だという顔をした。

「え、そうなの？」

「ただ、精子が管に詰まって腐っちゃうなんて話もあるから、やっぱりちゃんと出したほうがいいみたい」

「そのはずよ。すぐに射精しなかったせいでインポになったって、わたし、聞いたことがあるもの」

それが使いものにならなくなるということなのか。

「だったら、早くおれのチンポを――」

しごいてほしいと言いかけて、聡史は口をつぐんだ。

これがどちらかひとりなら、すでに肉体関係を持っているのである。性的な施しも頼みやすい。

だが、ふたりとなるとそうはいかない。どちらにお願いしても、どういう関係なのかともうひとりから訝《いぶか》られるだろう。結果、彼女たちがサオ姉妹だとバレてしまう。

沙月に夜這いされたのを知っても、瑞奈は特に気分を害した様子ではなかった。女性に夜這いが認められていることからも、男を共有するのは村ではごく当たり前のことなのかもしれない。

しかしながら、自分を巡って瑞奈と裕美子が争わないという保証はない。修羅場になったら処理どころではなくなり、手遅れになればムスコが役立たずになってしまう。

(こうなったら、自分でするしかないのか……)

ふたりの前でオナニーをするなんて、情けないし恥ずかしい。けれど、背に腹は代えられない。

聡史は恥を忍んで手をのばし、ビクビクと脈打つ分身を握った。

途端に、

「いたたたた」

またも激痛が走って悲鳴をあげる。

「ちょっと、ダメよ」

瑞奈にたしなめられ、聡史は涙目で彼女を見あげた。

「だけど、精液を出さないと――」

「聡史君のオチンチンは、色んな意味で限界ギリギリなの」

「そうよ。ちょっと力を加えるだけでも、かなり痛いはずなんだから」

裕美子にも注意され、顔を情けなく歪める。

「じゃあ、どうしたらいいんですか？」

「わたしたちにまかせなさい」

「そうよ。大船に乗ったつもりで」

ふたりが笑顔で告げる。力強い言葉に、聡史はようやく気持ちが楽になった。

3

裕美子が軽トラからラグを持ってきた。昨日、彼女と抱き合ったときに使用したものである。

そうと知ってか知らずか、

「ああ、これならいいわね。エッチなことに最適だわ」

瑞奈が無邪気な品定めをする。

（おれと裕美子さんがセックスしたこと、瑞奈さんは知ってるんじゃないか？）

聡史は訝った。沙月の夜這いに関しては、カマをかけただけだったようだが、そもそも昨日の今日でふたりが会っているなんて怪しすぎる。互いに連絡を取り合っているのではないか。

しかし、確認するのはためらわれた。

「ほら、ここに寝て」

裕美子に促され、聡史はラグに寝そべった。その前に素っ裸にさせられたのだが、陰嚢がどうなっているのかを目で確認し、暗澹《あんたん》たる気分になった。

(これじゃ信楽焼のタヌキじゃないか)

さすがにあそこまで大きくはないが、パンパンに腫れあがった姿に泣きたくなった。これがすべて多量に生産された精子のせいだとすれば、射精しないとタマの中で腐り、一生使いものにならなくなるかもしれない。

だが、しごくだけで激痛が生じるのに、どうやって発射させるのだろう。

「聡史君」

瑞奈が真上から覗き込んでくる。ひと目惚れした人妻の美貌に、聡史は吸い込まれるのを覚えた。

(瑞奈さん、こんなに綺麗だったっけ……)

切羽詰まった状況に陥っているため、助けてくれる彼女が天使のごとく映るのだろうか。

「目をつぶって」

言われるままに瞼を閉じると、唇に柔らかなものが重なった。麗《うるわ》しの人妻にキスされたのだ。

「ンふ」

瑞奈が鼻を鳴らし、舌を入れてくる。聡史は喜んで迎え入れ、甘い唾液をまとったそれを吸った。

(あれ？　そう言えば、瑞奈さんとキスするのって初めてじゃないか)

今さら気がつく。沙月と裕美子とは、交わりながら唇も重ねた。けれど、瑞奈とはバックスタイルだったため、くちづけができなかった。

互いの性器に口をつけたのに、キスはまだだったなんて。ようやくという思いが高まって、胸が感激でいっぱいになる。舌をいっそう深く絡め、貪欲に吸う。

ピチャ――。

口許からこぼれる水音も官能的だ。いつしか聡史は、甘い唾液とかぐわしい吐息に陶然《とうぜん》となった。全身に甘美な震えが広がるほどに。

(……ああ、なんだこれ)

頭がボーッとして、なぜだか初めて射精したときの記憶と感覚が蘇る。こんなふうに訳がわからなくなって、気がついたら香り高い白濁液が飛び散っていたのである。

そして今も、腰が意志とは関係なくガクガクとはずんだ。

「むっ、ふっ、むふふぅ」

太い鼻息が吹きこぼれる。瞼を閉じているのに目がくらみ、頭の中が真っ白になった。

「むはッ」

瑞奈の口内に喘ぎを吐き出したのと当時に、屹立の中心を熱さが貫いた。

「あ、出た」

裕美子の声で、射精したのだと悟る。栓が一気に緩んだみたいに、びゅるびゅるとほとばしるのがわかった。

そのわりに、快感は大きくない。ペニスに触れていないせいなのか。ただ、虚脱感は著しかった。

分身の脈打ちがおさまりかけたところで、瑞奈が唇をはずす。聡史は瞼を開き、なかなか焦点の合わない目で彼女を見つめた。

「聡史君、キスだけでイッちゃったね」

笑顔で言われて、「はい」とうなずく。どうしてこうなったのか、自分でもよくわからなかった。

「とにかく精子が満杯になってるから、気分が高まるだけで射精しちゃうの。聞いたとおりだったわ」

そういうことなのかと、聡史は納得した。現に、キスだけで絶頂したのである。

「だけど、すごく出たね」

裕美子は目を丸くしていた。温かな体液が腹部に飛び散っており、ヌラつく感触からかなりの量だとわかった。

「タマタマはまだ大きなまんまだし、もっと出させてあげないと」

「これ、アタマが破裂しそう。シコるのはまだ無理みたいだね」

「もうちょっと腫れが引けば、シコシコできるようになるはずよ」

そんなやりとりを耳にしながら、聡史は胸を大きく上下させるばかりであった。多量にほとばしらせた倦怠感《けんたい》が、尾を引いていたのである。

「じゃあ、またキスするの？」

裕美子の問いかけに、

「二回続けてだと、射精するのは難しいと思うわ」

瑞奈が腰を浮かせる。豊かに張り出したヒップから、ジーンズを剝きおろした。パンティも一緒に。

ぷりん——。

たわわな丸みがあらわになる。前にも見て、顔も埋めたのに目が離せない。絶対に飽きることのない、理想そのものの熟れ尻だからだ。

「今度は、聡史君が大好きなおしりをあげるわ」

瑞奈が顔を跨いでくる。見あげる聡史の目は、迫力のある重たげな球体と、その中心にある淫靡な景色を捉えた。

(ああ、早く)

ほんの数秒だって待てずに、顔面騎乗を求める。もちろん彼女は、そうするつもりだったのだ。

「はい、どうぞ」

声と同時に丸みが落っこちてくる。柔らかな重みが顔にのしかかり、聡史は反射的にもがいた。

「むうう」

口許を塞がれ、急いで酸素を確保するべく息を吸い込む。

（ああ、すごい）

濃密すぎるチーズ臭が、鼻奥にまで流れ込む。脳を直に殴られたような衝撃に、一瞬気が遠くなりかけた。

「ふふ。おまんこのいいニオイする？」

人妻が含み笑いで言う。聡史が生々しい女臭を好むと知って、嗅がせてくれたのだ。

答える代わりにフンフンと鼻を鳴らし、酸味の強いかぐわしさを深々と吸い込む。

秘毛が鼻孔をくすぐり、くしゃみが出そうになったのをどうにか堪えた。

「わ、オチンチン、ビクビクって。すごく昂奮してる」

裕美子の声は驚きを含んでいた。顔面騎乗で著しい反応を示したことが、信じ難いのだろう。

もっとも、思い当たるフシもあったようである。

「そっか……だからあたしのも――」

洗っていない性器を、聡史が嬉々としてねぶったのを思い出したらしい。そのつぶやきが聞こえたのか定かではないものの、

「裕美子さん、タマタマをペロペロしてあげて」

瑞奈があられもない要請を口にする。

「え、キンタマを？」

「そのぐらいなら痛くないだろうし、聡史君も気持ちよくなって射精するはずよ」

「わかった」

聡史は脚を大きく開かされた。そのあいだに誰かが屈み込む気配がある。裕美子なのだ。

「むふふぅ」

膨張した陰嚢に舌が這わされる。ゾクッとする快《こころよ》さに呻き、そのお返しを人妻の秘苑へ向ける。

「あひぃ」

恥割れに舌を差し込まれ、瑞奈が艶声を洩らす。顔の上で柔肉がぷりぷりと躍り、聡史は激しく昂奮した。

（ああ、瑞奈さんのおしり）

臀裂に挟まれた鼻は、蒸れた汗の香りを捉えていた。いささかケモノじみたそれも劣情を煽《あお》り、舌づかいがねちっこくなる。

「くうう、き、気持ちいいっ」

キュッキュッとすぼまる女芯が、舌を捕らえようとする。それに逆らって甘い蜜を舐め取っていると、ヒップの位置が大きくずれた。快感ですべったのかと思えば、意図的だったようである。

(あ、ひょっとして)

舌に触れるのは、排泄口たる可憐《かれん》なツボミ。このあいだは抵抗したのに、今度は自ら舐めさせるつもりなのか。

ためらいつつもそこをねぶれば、瑞奈が甘えた声でなじった。

「うう、へ、ヘンタイ。そんなにおしりの穴が舐めたいの?」

聡史は悟った。彼女は年下の牡を昂奮させるために、わざと破廉恥なことをさせているのだと。

実際、わずかな塩気を感じただけで、頭がクラクラするほどの昂《たかぶ》りにまみれる。これでプライベートすぎる匂いまで嗅がされたら、たちまち昇天したであろう。

聡史がアナル舐めをしていると知っても、裕美子は何も言わなかった。彼女もクンニリングスをされながら肛穴を刺激され、あられもなく乱れたのだ。そこが性感ポイントだと知っているのである。

人妻のアヌスを好き放題に味わえて、聡史は大満足であった。顔面に密着し、重みをかける尻肉の感触も最高で、世界一いやらしいことをしている気分にひたる。

おかげで、二度目の絶頂も時間をかけることなく迎えられた。

「むうっ、むッ、むふふふふぅ」

くぐもった呻きを尻の谷に吹きかけながら、熱い滾《たぎ》りを噴きあげる。今度は快感を伴っており、全身がバターになって溶けるようだった。

「あ、あ、すごい」

瑞奈が驚き、臀部の筋肉を強ばらせる。今度もかなりの量が出たらしい。

（おれ、キンタマを舐められてただけなのに）

ペニスに触れられず、二度も射精するなんて。山菜の効果もあるのだろうが、やはりそれだけ昂奮した証《あかし》なのだ。

瑞奈が離れ、呼吸が楽になる。だが、まだ終わりではない。

「裕美子さんも、聡史君に坐ってあげて。きっと喜ぶから」

人妻に促され、裕美子がツナギを肩からおろす。パンティも脱ぎ、Tシャツのみの姿になると、上気した面持ちで聡史の頭を跨いだ。

「このひと、おしりが好きなのね」

「ええ、そうよ」

「だったら、あたしもおしりの穴を舐めさせてあげるわ」

聡史が望んでいるからという体であったが、彼女自身も舐めてほしかったのではないか。瑞奈以上に、アヌスが敏感のようだから。

「ほら、舐めなさい」

和式スタイルでしゃがみ、自ら尻肉を左右にくつろげる。ややひしゃげたツボミを舌先でチロチロとくすぐると、「あ、あっ」と甲高い艶声が放たれた。

「ほ、ほんとに舐めてる……病気になっても知らないから」

などと言いながら、舐められやすい位置をしっかりキープする。同時に、自らの指でクリトリスもこすっていたようだ。

瑞奈は強ばったままのペニスに舌を這わせ、敏感なくびれを中心に舐めてくれた。時おり乳首もいじられたが、それが彼女だったのか、あるいは裕美子の指だったのかはわからない。

「むっ、うっ、ううッ」

歓喜の呻きをこぼし、聡史は三度目の頂上に至った。快美の痺れにまみれ、裸身を波打たせながら。

「あああっ、イクッ、イクッ、イクイク」

裕美子もオルガスムスを迎える。ねぶられて柔らかくほどけた秘肛に、舌先を迎え入れて。

（こんなの、すごすぎる……）

バツイチ美女が脱力して脇に転がると、聡史は喉をゼイゼイと鳴らした。またもたっぷりほとばしらせたようながら、今度は量が確認できない。

なぜなら、人妻が亀頭を口に含み、あらかた飲んでしまったからである。

4

「もうチンチンをいじってもだいじょうぶなんじゃない？」

聡史の肌に付着したザーメンを、山の清水で濡らしたタオルで拭いながら、裕美子が首をかしげる。

「うん、そろそろよさそうね。タマタマの腫れもだいぶ引いたみたいだし」

瑞奈も同意し、シワ袋を指でちょんと突いた。

疲労感が著しい中、頭をもたげて確認すれば、ペニスはエレクトしたままである。

ただ、亀頭の張り詰め具合は普段と変わらない。陰嚢も重みがなくなって、急造された精子をだいぶ消費したのではあるまいか。

聡史は今し方、猛《たけ》る分身に左右から同時に舌を這わされ、のばした手で乳首も愛撫されて、四度目の射精を遂げたのである。美女ふたりを相手にする贅沢な状況でも、正直、もう充分という心境だった。

けれど、勃起が萎《な》えないことには安心できない。山菜の影響がどのぐらい残るのか不明だし、毒素は徹底的に取り除くべきだ。

とは言え、かなり疲れている。一方的に奉仕されるだけでも、一回の射精量が多いため、体力の消費量は半端ではなかった。

「じゃ、握ってみるわ。痛かったら言ってね」

瑞奈が筒肉に指を巻きつける。軽く上下に動かしてから、握り手に緩やかな強弱をつけた。

「むぅ」

快さがじんわりと広がる。何度も昇りつめるあいだ、舐められるぐらいで刺激が少なかったためか、しなやかな指がやけに気持ちいい。

「痛い？」

「いえ……だいじょうぶです」

答えると、脇から裕美子が手を出した。

「こっちは？」

牡の急所を優しく揉む。平常時より、まだ幾ぶんふくらんでいる感じはあったもの、痛みはなかった。

「平気です」

「だったらいいみたいね」

「あとはオチンチンが小さくなれば問題ないはずよ」

瑞奈が言う。やはり萎えるまで続けなければならないらしい。

「じゃあ、とりあえずフェラしてあげる」

人妻にペニスをバトンタッチされ、裕美子は真上から顔を近づけた。ところが、

「あ、ちょっと待って」

途中で身を起こし、Tシャツに手をかける。中に着ていた灰色のハーフトップと一緒に、頭から抜いてしまった。

一糸まとわぬ姿になったバツイチ美女に、聡史は胸を高鳴らせた。単純に暑かったのか、それとも全裸のほうが気分を高められると思ったのか。どちらにせよ、新鮮な気持ちで行為に臨めそうだ。

「じゃあ、わたしも」

瑞奈もすべて脱ぎ、熟れたボディを余すところなく晒した。

「はい、おっぱいをあげる」

聡史の顔の上に胸を伏せ、ワイン色の乳頭を含ませてくれる。嬉々として吸いねぶれば、グミみたいな感触のそれは、ほんのり甘かった。

「あん、エッチな赤ちゃんね」

からかう口調ながら、声音に艶気が滲んでいる。年下の男を感じさせるばかりで、自身は愛撫されずにいたから、肉体が悦《よろこ》びを求めているのか。

(おれも瑞奈さんを――)

ふくらんで硬くなった突起を舌で転がし、乳飲み子みたいに吸う。

「あ、あっ、ううン」

悩ましげな喘ぎ声が耳に入る。視界いっぱいの柔肌が、時おりビクッとわなないた。

「むふッ」

聡史が鼻息をこぼしたのは、分身が濡れ温かな中におさめられたからだ。裕美子がフェラチオを始めたのである。

ちゅぱッ――。

舌鼓に続いて、敏感なくびれをチロチロとくすぐられる。強くしたら痛むかもしれないと、彼女は慎重な刺激に徹していた。

おかげで、焦れったくなってくる。

(もっと強く吸ってもいいのに)

それから、サオもしごいてもらいたい。せがむように腰をくねらせると、裕美子が悟ったようだ。

「ん、んふっ」

頭を上下させ、すぼめた唇で肉胴を摩擦してくれる。同時に、陰嚢も柔らかな指で弄《もてあそ》ばれた。

(うう、気持ちいい)

キスや顔面騎乗で昇りつめたあとだから、ちゃんと愛撫されるのが嬉しい。もっとしてほしくて、聡史は脚を大きく開いた。股間をすべて舐め尽くされたい気分だった。

「次はこっち」

瑞奈が吸わせる乳首を交替させる。そちらは最初からツンと突き立っていた。

「きゃふッ」

喘ぎ声のトーンも変わる。より感じているようだ。

(こっちのほうが敏感なのかな)

裸の上半身がくねくねしている。息づかいも荒くなった。

「ふう」

裕美子がペニスを解放し、ひと息つく。唾液に濡れた肉棒をしごいてから、その根元に顔を埋めた。

「むううう」

陰嚢と腿の境界部分、汗をかきやすいところをねっとりと舐められ、聡史は呻いた。背すじがムズムズする快さに、何度も尻の穴を引き絞る。

（ああ、そんなところまで……）

指でこすると、ケモノじみた匂いが付着するところである。それを彼女も嗅いでいるのではないかと思うと、申し訳なくてたまらない。

それでいて、分身は歓迎するみたいに脈打つのだ。

瑞奈がからだを起こす。こちらを覗き込む美貌は、上気して色っぽい。

「ねえ、キスとクンニ、どっちがしたい？」

思わせぶりな眼差しでの問いかけに、聡史は悩んだ。どっちもしたかったからだ。

「ええと……クンニを」

迷った挙げ句ひとつを選ぶと、彼女がちょっと残念そうに口許を歪めた。それから

顔をあげ、

「裕美子さん、聡史君におまんこを舐めさせてあげて。いっしょにしたほうが、もっと気持ちよくなれるわ」

牡の股間に顔を伏せた、もうひとりに声をかける。

(あ、ひょっとして)

聡史は悟った。キスを選んだら、瑞奈が唇を与えてくれたのだと。しかし、今さら変更はできない。

バツイチ女子が逆向きで身を重ねてくる。シックスナインの体勢。差し出されたヒップを両手で摑み、聡史はすぐさま引き寄せた。

(早く裕美子さんをイカせて、瑞奈さんにもしてあげなくちゃ)

ひとりだけ見物なんて気の毒だ。常に献身的な人妻に、お礼もしたかった。

「あ、あ、そこぉ」

敏感な肉芽に吸いつくと、裕美子が切なげによがる。さっきは自分の指で刺激して昇りつめたから、男に奉仕されるのが嬉しいようだ。

聡史は指頭で恥蜜を掬《すく》い、谷底のツボミに塗り込めた。

「ダメダメ、そこ、おしりぃ」

彼女は抗う反応を示すものの、口ほどには嫌がっていない。むしろ、もっとしてほしそうである。

せわしなくヒクつくそこは、さっきねぶられたせいでだいぶほぐれている。ちょっと力を加えたら、指がやすやすと呑み込まれるのではないか。

さりとて、そこまでしたらさすがに引かれるかもしれない。興味はあったが、やり過ぎないよう自制していると、真上から瑞奈が覗き込んできた。

「またおしりの穴をイタズラしてるの？」

あきれた目つきに、顔が熱くなる。尻フェチの上にアナルフェチだと思われたのか。

「聡史君は、クリちゃんを気持ちよくしてあげて」

言われて秘肛の指をはずすと、そこに人妻が舌をのばす。同性の排泄口に、躊躇なく這わせたのである。

（え、瑞奈さん？）

大胆さに圧倒されつつ、聡史もクリトリスを吸いねぶった。

「あああ、あ、ダメダメ、か、感じすぎるぅ」

裕美子が身も世もなくよがる。ふたりがかりで舐められていると、気がついているのかいないのか。もはやフェラチオをする余裕もないようで、屹立の根元に両手でしがみつくのみであった。

瑞奈の唾が会陰を伝い、恥割れに溜まった愛液に混じる。聡史はそれをすすり取り、ふたりのエキスで喉を潤した。

ここは風が爽やかで空気も美味しく、景色も素晴らしい。そんな最高の場所で、最高の女性たちと淫らな交歓にいそしむ。

野外で健康的に汗をかいているが、やっていることは不健全極まりない。そのギャップにも大いに昂り、からだが芯から火照《ほて》ってきた。

(ここまでいい目にあってるのは、世界でもおれぐらいじゃないか)

村に来る前は想像もしなかった。牝神村は、なんて素晴らしいところなのだろう。

「あ、あ、イク、イクっ、もうイッちゃう」

裕美子がすすり泣き交じりに訴える。ふたりがかりで押さえているのに、艶尻がガクガクとはずみだした。

彼女の膣口に、瑞奈が人差し指をあてがう。滲む蜜で潤滑し、深々と挿入した。

「あああっ！」

ひときわ大きな声がほとばしる。指が抜き挿しされることで、爆発的な快感が生じたらしい。

「イクイクイク、も、ダメぇえええっ！」

絶頂した裕美子の四肢が、ぎゅんと強ばる。ピクピクと細かな痙攣を示したのち、脱力して崩れ落ちた。

「ふはっ、はふ、ふぅ、う——あふぅ」

脇に横臥して、荒々しい息づかいを続ける二十九歳。こんな経験をしたあとでは、独り寝の寂しさに耐えられないだろう。すぐにでも再婚すべきだ。

「じゃ、次はわたしね」

瑞奈がいそいそと腰に跨がってくる。下腹にへばりついた肉根を起こし、尖端を秘唇にヌルヌルとこすりつけた。

「あん、すごく硬い」

面差しが淫らに蕩ける。こんなもので貫かれたら乱れるに違いないと、すでに予想がついている様子だ。

その一方で、不安もあったようである。

「ね、すぐに出ちゃいそう？」

訊ねられ、聡史は首をひねった。

「わかりません。まだちょっと、感覚が鈍いみたいなので」

「中には出さないでね。イキそうになったら、ちゃんと言うのよ」

夫以外のタネで子を宿すわけにはいかないのだ。

「わかりました」

「わたしが動くから、聡史君はじっとしてて」

そもそも騎乗位では、こちらのできることなど限られている。彼女は自らの快感をコントロールしたいから、勝手に中出しをしないよう注意したのだろう。

「挿《い》れるわよ」

瑞奈が熟れ腰を沈める。屹立が濡れ肉をかき分け、熱い潤みの中へ入り込んだ。

「あふぅ」

息をつき、身をブルッと震わせる人妻。夫以外の男のペニスを受け入れても、罪悪感はなさそうだ。

(村にいる他の奥さんたちも、みんなそうなのかな?)

都会から来た男との契《ちぎ》りを期待している人妻は、他にもいるのではないか。選《よ》り取《ど》り見《み》取《ど》りとなったら、聡史のほうが身が持たない。あとは山菜の力に頼るしかないだろう。

(タヌキフグリの適量を、しっかり調べなくちゃな)

瑞奈が腰を前後に振り出す。性器が交わったところから、ヌチュッと卑猥な音がこぼれた。

「あん、気持ちいい」

うっとりした面差しの美人妻は、前後から回転、さらには上下の動きも加えるなど、多彩な腰づかいで快感を追い求めた。

(なんか、前と違う感じだ)

ブルーシートを敷いて交わったときは、バックから挿入した。向きが百八十度異なるし、今は自分が下になっているから、内部の具合が別物に感じられるのか。

但し、抜群に快いのは一緒である。

「ああ、あ、気持ちいい……聡史君のオチンチン、硬くって素敵」

あられもないことを口走り、瑞奈は順調に高まっているようだ。引き込まれて爆発しないよう、聡史は己の状態をしっかり見極めた。

「ずるいわ。先にエッチしちゃうなんて」

いつの間にか身を起こしていた裕美子が、不服そうに口を尖らせる。ふたりがかりでねぶられ、オルガスムスに至ったというのに、まだし足りないのか。

「じゃ、交替ね」

　意外にも、瑞奈はあっさり引き下がった。一度達してから譲るものと思ったのに、腰を浮かせて牡の股間から離れる。あらわになった秘茎は、白い濁りをべっとりとまといつかせていた。

「聡史君のオチンチン、すっごく脈打ってたし、もうすぐイクんじゃないかしら。裕美子さん、中にいっぱい出してもらって」

　聡史が爆発しそうだと危ぶみ、交わり続けるのを諦めたらしい。

「あの……裕美子さんはいいんですか？」

　いちおう確認すると、ふたりがきょとんとする。

「え、何が？」

「いや、中に出して」

　昨日も膣奥にたっぷり注いだから、今さら了解を求める必要はないのである。だが、すでに裕美子と関係を持っていると瑞奈に知られないためにも、気遣いを示したほうがいい。

「もちろんよ。だって、早く赤ちゃんを産みたいもの」

　バツイチ美女の宣言に、聡史は目を丸くした。

「で、でも、再婚していないのに」

あるいは妊娠という既成事実を作ってから、結婚する計画なのか。

(つまり、おれと再婚するつもりで？)

たしかに彼女は魅力的だし、パートナーに選ばれたのは光栄だ。しかしながら、そこまで気持ちが固まっていたわけではない。そもそも、一緒になろうなんて約束を交わした覚えはないのだ。

「あたしが誰と再婚するっていうの？」

裕美子に訊き返され、聡史は戸惑った。どうやら婿に選ばれたわけではないらしい。

「じゃあ、ひとりで育てるんですか？」

「ひとりでっていうか、牝神村は子供を大事にするし、村全体で育てるって意識が醸成されてるの。だから、シングルマザーでもだいじょうぶなのよ」

裕美子の言葉に、瑞奈が我が意を得たりという顔つきでうなずく。

「そうそう。まずは村民の気持ちがひとつにならなくちゃ、少子化対策なんてできっこないもの。高齢化の問題もそうだけど」

子供の声がうるさいとクレームをつけ、老人を邪魔だと蔑むのがこの国である。そういう意識を根本から変えることで、牝神村は前に進もうとしているようだ。

「まあ、結婚相手の子供を産むのが理想的なんだけど、あたしはハズレを引いちゃったから。元ダンナは淡泊で、全然子作りに協力的じゃなかったんだもの」

そうすると、離婚の原因はそれなのか。だからと言って誰の子供でもいいというわけではなく、お眼鏡に適《かな》う相手が現れるのを待っていたと見える。

(つまり、おれは合格なのかな)

認められたことを、素直に喜んでおこう。

「ていうか、聡史君は昨日も、裕美子さんの中にいっぱい出したんでしょ」

瑞奈に不意打ちを喰らわされ、目一杯うろたえる。

「あ、あの、どうしてそれを——」

「そのぐらいわかってるわよ」

「そういうこと。あんたが瑞奈さんと、山の上でエッチしたこともね」

裕美子までが、得意げに胸を反らす。ふたりから思わせぶりな笑みを向けられ。聡史は居たたまれなかった。バレないようにと、ひとりで取り繕っていた自分が馬鹿みたいではないか。

(男と女の情報って、簡単に伝わるものなんだな)

というより、彼女たちは互いに連絡を取り合っているのではないか。どんな体位でしたのかまで、事細かに話しているのかもしれない。

本当にプライバシーがないんだなと諦めかけたとき、裕美子が腰に跨がってくる。対面ではなく、聡史に背中を向けて。

「あんたはおしりが好きなんでしょ。だったら、このほうが昂奮して、精子もいっぱい出してくれそう」

品のない発言をしつつも、頬が赤らんでいる。改まって顔を合わせるのが照れくさくて、背面での結合を選んだのではないか。

（やっぱり可愛いひとなのかも）

こんなひとに自分の子供を産んでもらいたいと、種の保存本能みたいな思いが胸に巣くう。

「じゃ、オマンコに挿れさせてあげる」

恩着せがましく言って、裕美子が肉槍を中心に導く。花びらのあいだに、白い蜜汁が溜まっているのが見えた。

「うー、ホントに硬い。すぐにピュッて出ちゃいそう」

穂先を裂け目にこすりつけ、ヌルヌルと潤滑する。それだけで背中が浮きあがるほどに、聡史は感じてしまった。

（我慢しろよ）

射精を受け止め、妊娠することが目的だとしても、できるだけ感じさせてあげたい。そのほうが受精もしやすいのではないか。

腰がそろそろとおろされ、上向いた肉根に重みがかけられる。丸い頭部が狭い入り口を押し開き、徐々に入り込んだ。

「あ、あっ、く、来る」

ハッハッと息をはずませた裕美子が、支えがなくなったみたいに坐り込んだ。ぬぬぬぬ——。

強ばりが蜜穴に侵入する。奥へ到達すると、柔ヒダがぴっちりとまといついた。

「ああーん」

裕美子が背中を反らして喘ぐ。肩甲骨《けんこうこつ》が浮いて、天使の羽根みたいな影ができた。

「やん、入っちゃった」

見守っていた瑞奈がつぶやく。自身も同じものを挿入されたあとなのに、表情が悩ましげだ。するのと見るのとでは、気持ちの受け止め方が異なるのか。

(……なんか、昨日よりも熱い感じだぞ)

聡史もうっとりする愉悦に漂った。

内部は奥がトロトロで、そこへ誘い込むように膣壁が蠕動《ぜんどう》する。じっとしていても爆発しそうだ。

しかし、裕美子のほうは、そうはいかなかったらしい。

「ダメ……たまんない」

呻くように言い、ヒップを上下にはずませる。丸いお肉が下腹に打ちつけられ、ぷるぷると波を立てた。

「あ、ああっ、ふ、深いー」

ハッハッと息づかいを荒くして、快感一直線の逆ピストンを繰り出す。

裕美子は前屈みになった。尻の谷底が暴かれ、肉色の棒が見え隠れする真上で、アヌスが心地よさげに収縮する。

（うう、いやらしい）

愛らしくも卑猥な眺めに、聡史は引き込まれた。そっちの穴にも挿入してみたくなる。きっと締めつけは強烈だろう。

そんなことを想像して、唐突に終末を迎える。裕美子がイクまで我慢するはずだったのに、忍耐の堤防があっ気なく崩れ落ちた。

「あああ、駄目、で、出ます」

焦って報告すると、腰づかいがいっそう激しくなった。

「いいわ。だ、出して」

意識してなのか、蜜窟全体がキツくすぼまる。甘美な摩擦でペニスが蕩け、その中心を煮え滾るエキスが駆け抜けた。

「むはッ」

喘ぎの固まりと一緒に、子種《こだね》が勢いよく発射される。生命のレースに挑む数億の彼らを、聡史は幾度にも分けて注ぎ込んだ。

「あん……オマンコの奥が熱いー」

裕美子が背すじをピンとのばし、臀部の筋肉をギュッギュッと引き絞る。その姿は、間もなく受精が完了するのを悟っているかに見えた。

心地よい疲労感でぐったりする聡史の耳に、瑞奈が唇を寄せる。

「次はわたしにもしてくれる？　おまんこには出させてあげられないけど」

その言葉で、分身がまだ萎えていないことに気がつく。

「おれも、瑞奈さんとしたいです」

心からの思いを告げると、熟女が頬を赤らめた。

第五章　処女が女になる夜

1

「ご、ごめんなさいっ！」

涙目の美香に謝られ、聡史は困惑を隠せなかった。

「いや、気にしなくていいよ。おれは無事だったんだから」

もっとも、男として駄目になるかもしれないと、一度は絶望に苛《さいな》まれたのだ。何事もなく終わったわけではない。

まあ、そのおかげで、野外３Ｐを愉しむ機会を得られたのである。災い転じて福となしたというのが、正直な心情だった。

瑞奈と裕美子、ふたりの女性たちと情愛を交わしたのは昨日のこと。今日は農作業がなく——無理をしない方がいいと、裕美子が休みにしてくれた——美香も来る予定ではなかったのに、謝罪のためにとやって来たのだ。

しかも、夜がかなり更けてから。

聡史は休んでいるから訪問しないよう、瑞奈に言われたという。けれど、一刻も早く謝りたかったし、夜になれば元気になっているかもと、夜道を二キロ以上も走ってきたそうだ。彼女は車の運転ができなかったから。

そこまで誠実な美香に心打たれ、聡史は家に招き入れたのである。いつもふたりで顔を合わせる台所で、卓袱台を真ん中に向かい合う。からだの調子はすっかりよくなっていたし、もう何ともないと彼女に告げた。

それでも、美香は何度も謝り、涙をポロポロとこぼした。

何があったのかは、瑞奈に教えてもらったそうだ。責任を感じるだろうから黙っておいてほしいと、聡史はお願いしたのであるが、

『聡史君みたいな犠牲者を出さないためにも、過《あやま》ちを犯したことをわからせたほうがいいのよ』

けじめはしっかりつけるべきだと、人妻は言った。

昨日、聡史は瑞奈と一緒に帰った。荒淫のせいで足腰がフラついていたから、何か

あったようだと美香も気づいたのではないか。農作業でそうなったにしては、土で汚れていなかったし。そのあとで、真相の一部を教えられたのだ。

ただ、さすがに瑞奈も、裕美子とふたりがかりで「処理」をしたとは言わなかったらしい。タヌキフグリの食べ過ぎで聡史は足腰が立たなくなったと、美香は聞かされたそうだ。実際はタタないどころか、ギンギンだったのに。

いずれあの山菜の本当の効能を知ったとき、美香も己のしでかした過ちに気づくだろう。それまでは、ただでさえ自己評価が低くて落ち込みがちな彼女を、あまり追い込みたくなかった。

だが、事実を知らなくても、美香はかなり自分を責めていた。

「……本当にごめんなさい。わたし、もうここには来ません」

思い詰めた顔つきで、今日限りだと宣言する。

「いや、おれはべつに気にしてないんだし。誰にでも間違いはあるんだからさ」

聡史は懸命に執り成した。

料理の腕は半人前で、合格点にはほど遠い。どうせ世話をしてくれるのなら、ちゃんとしたゴハンが作れる女性のほうがいいに決まっている。

それでも、聡史は美香に来てもらいたかった。短いあいだの付き合いながら、情が移ったのだろうか。上手にできないからこそ放っておけないし、ヘタなりに、絶対に手を抜かないところにも好感が持てた。

「おれは美香さんが来てくれてよかったと思ってるよ。そりゃ、料理の腕はまだまだかもしれないけど、いつも一所懸命だし、どうすればおれが喜ぶかって、真剣に考えてくれたじゃないか」

「それは……」

「あの山菜だって、結果的によくない事態を招いたけど、おれのためにわざわざ採ってくれたんだよね。その気持ちだけでも、充分に嬉しいんだ。だから、もう来ないなんて言わないでほしい」

そこまで言っても、彼女は自分が許せなかったようだ。いや、いっそ諦めがついたという心境だったのか。

「田倉さんのお気持ちはありがたいんですけど、わたし、もうダメなんです。この村にもいられません」

「え？」

「わたし、決めたんです。牝神村を出ようって。誰の役にも立たないんだから、ここにいる意味がないんです」

「村を出るって——どこか当てでもあるの？」

質問に、美香は悲しげに顔を歪めただけであった。

行きたいところや、やりたいことがあるわけではないのだ。とにかく居づらいから出ていくというのでは、ただの家出である。

彼女みたいに純情な娘が家出をしたらどうなるのかなんて、想像するまでもない。悪い男に引っかかり、ボロボロになるまで弄ばれ、悲劇でしかない末路を迎えるに決まっている。こんないい子を、そんな目に遭わせるわけにはいかない。

「簡単に出ていくなんて言うもんじゃないよ。もっと自分を大切にしなくっちゃ」

「いいんです。わたしなんか、もうどうなっても」

「いや、よくない！」

聡史は身を乗り出し、美香の両手を握った。

「この村が好きだから、ずっと住んでいたいからって、今まで頑張ってきたんじゃないか。簡単に諦めちゃ駄目だ」

「でも、わたしには村で暮らす資格がないんです」

「資格ならあるさ」

聡史はきっぱりと告げた。

「たとえ料理がうまくなくても、美香ちゃんは素敵な女の子だよ。おれはちゃんとわかってる。だからきっと、素敵なお嫁さんになれるはずなんだ」

親しみを込めた呼びかけに、彼女がわずかにたじろいだようだ。それでも、直ちに説得されることはない。

「無理です。わたしみたいにダメダメな子、誰ももらってくれないし」

「おれがもらうよ」

ほとんど反射的に、聡史は告げていた。

この場凌ぎでも、同情でもない。本気だった。是非とも彼女と一緒になりたいと、いつしか強く願っていたのである。

人妻に未亡人、それからバツイチ美女と、肉体だけの戯《たわむ》れが続いたために、本当の恋がしたくなっていたのかもしれない。そもそも牝神村に来たのは、失恋の痛手を癒やすためもあったのだ。

そして、純真で嘘偽りのない性格の美香は、ひどい裏切りに遭った聡史にとって、理想の恋人像であった。

「おれだって村に来たばかりで、農作業も満足にできない。だけど、これから頑張って、村の一員として認めてもらうつもりだよ。つまり、美香ちゃんといっしょってことさ」

「田倉さん……」

「おれなんか頼りない男だけど、美香ちゃんを一生応援したいんだ。ずっと近くにいて。そういうのって駄目かな？」

彼女がクスンと鼻をすする。さすがに即答はできないようだ。

「……それって、同情で言ってるんじゃないんですか？　わたしのこと、可哀想だと思って」

「違うよ。おれは美香ちゃんと対等だと思ってる。年上だけど未熟だし、同情なんかできる立場じゃないよ。だから、ふたりでいっしょに頑張っていこう」

受け入れられる自信があったわけではない。九つも年上だし、見た目も平凡。何か取り柄があるわけではないのだから。

だが、一緒になりたい気持ちに嘘はなかった。

美香が黙りこくる。初日にペニスを愛撫されたけれど、会っていた時間は短い。告白するまでに関係が深まっていたわけではない。

（いきなりすぎたかな？）

しかし、村を出て行くと決心した彼女を引き止めるためには、これしかなかったのである。

「……信用できません」

間を置いての返答は、声に力がこもっていた。

(そりゃそうだよな)

聡史はがっくりと肩を落とした。

お嫁さんにしたいなんて、まんまプロポーズなのである。もっとふたりの時間を長く持って、お互いのことを理解し合ってからするべきだったのだ。

さりとて、悠長なことを言っていたら、美香が村からいなくなってしまう。今しかなかったのだと、聡史は自らに弁明した。

とは言え、断られたら何の意味もない。

「ごめん。ちゃんとお付き合いをして、もっとわかりあってから申し込むべきだったね。性急だったし、勝手すぎたと思う。だけど——」

聡史が謝罪すると、

「そうじゃないんです」

美香がかぶりを振った。

「え、どういうこと?」

「田倉さんのお気持ちはわかりました。わたし、嬉しいんです。だって、わたしなんかをお嫁にもらってくれるなんて」

彼女は頬を赤らめたから、満更《まんざら》でもないのだ。なのに信用できないのはなぜなのか。

「本当に、わたしをお嫁さんにしてくれるんですか？」

「もちろん」

「口だけの約束なんて信用できません。あとで、そんなこと言ってないって否定されたら、それまでなんですから」

「だったら、ちゃんと文書にするよ。署名つきの。あ、何なら婚姻届を——」

「そういうんじゃないんです」

「え？」

「わたしを愛してくれる証拠がほしいんです」

思い詰めた眼差しにドキッとする。あどけなかった娘がひとりの女に見えた。

「……証拠って？」

「抱いてください。わたしをお嫁さん——女にして」

涙ぐんでのお願いに、聡史は猛烈な喉の渇きを覚え、何度も唾を呑み込んだ。

2

先にシャーを浴びてから、聡史は二階の寝室で待った。腰にバスタオルを巻き、蒲団の脇で胡坐《あぐら》をかいて。

（おれ、これから美香ちゃんと――）

待ち構えている行為を思うだけで、心臓が痛いほどの鼓動を響かせる。

聡史は三十歳。もちろん童貞ではないし、この村に来て一週間と経っていないのに、三人の女性とセックスをした。

にもかかわらず、かつてないほどに緊張している。

相手が処女だからなのか。初体験の相手を務めたことは、聡史は一度もない。初めてに相応《ふさわ》しい男にならねばと思うことで、気持ちが張り詰めてしまうようだ。

（だけど、おれは美香ちゃんにチンポをしごかれているんだぞ）

その上、射精に導かれたのである。性的なふれあいがまったくなかったわけではないし、もうちょっと気を楽にしろと自らに命じる。

もっとも、あのときは一方的に手を出されたのだ。聡史のほうは、彼女に指一本触れていない。

そんなことを思い出したら、ますます落ち着かなくなってきた。

ギィ——。

階段が軋む音にドキッとする。

（え、もう来たのか？）

まだ何分も経っていないのにとうろたえる。女性はあちこちを念入りに洗うのだろうから、時間がかかると思ったのに。

実際は、すでに相応の時間が経過していたのである。聡史が緊張のあまり、時間の感覚を失っていただけなのだ。

部屋の引き戸が静かに開けられる。すべり込むようにして、裸身にバスタオルを巻いた娘が入ってきた。美香だ。

「あ、お、お帰り」

舞いあがった挙げ句、間の抜けたことを口走ってしまう。

しかし、彼女のほうも冷静さを失っていたらしい。特に変だとは思わなかったようである。

「はい……どうも」

ぺこりと頭を下げ、小走りに寄ってきた。

本来なら好きだと告白し、デートを重ねるのであろう。お互いの気持ちを確かめ合ってからキスをして、愛情を育《はぐく》んだのちにベッドイン――。

恋人たちが辿るそんな展開を、ふたりはすっ飛ばしているのである。おまけに美香はバージンだから、何をどうすればいいのかと、パニックに陥るのも当然だ。

彼女はいきなり蒲団にもぐり込んだ。からだを丸めて全身を隠し、あとは身じろぎすらしない。

来たと思ったらすぐに隠れた美香に、聡史は戸惑った。もっとも、おかげで少し気が楽になる。初体験を前に、彼女も緊張しているとわかったからだ。

(おれは男だし、経験もあるんだ。ちゃんとリードしてあげなくちゃ)

とりあえず安心させるために、抱きしめてあげたほうがいい。

腰のバスタオルをはずして全裸になると、聡史も蒲団に入った。ひとり用の寝具だから、否応なしにふれあうことになる。

「美香ちゃん」

呼びかけて、手探りで背中を撫でる。いきなりおっぱいやおしりに触れるわけにはいかない。

「……はい」

返事をして、美香がこちらを向いたようだ。動いたことでバスタオルがはずれ、彼女も一糸まとわぬ姿になる。

そして、聡史が抱き寄せるまでもなく、しがみついてきた。

掛け布団から頭が現れる。ほんのり湿った髪から、甘い香りが漂った。

「美香ちゃん」

もう一度名前を呼び、小柄なからだを抱きしめる。「あん」と小さな声がこぼれた。

「おれ、美香ちゃんをお嫁さんにしたい」

髪にキスをしながら告げると、彼女がうなずいた。

「はい……わたしを、お嫁さんにしてください」

聡史は掛け布団をずらし、あどけない美貌が見えるようにした。

さっき、愛してくれる証拠がほしいと言ったとき、美香の目は強い輝きを放っていた。まるで、こちらの出方を窺うみたいに。

けれど、今は頼りないだけの女の子に戻っている。処女を失うのが怖いのだ。

「すごく可愛いよ」

囁くと、彼女が頬を赤く染める。情愛がふくれあがり、若い肌をまさぐらずにいられなかった。どこもかしこもすべすべで柔らかい。

「ああ」

くすぐったいけれど、快さも得ている様子の喘ぎ声。経験がなくても、肉体は女として成長しているのがわかる。

「こうして撫でられると、どんな感じ？」

「わ、わからない」

「気持ちよくないの？」

「……たぶん、いい感じです」

控え目な返答がいじらしい。

「キスするよ」

唇を重ねる前に予告したのは、いきなりだと逃げられそうな気がしたからだ。

美香が無言で唇を差し出し、目を閉じる。受け入れる心構えはできていたようだ。

ふっくらした唇は、綺麗なピンク色。ツヤツヤして、シワが目立たない。まさに若さと清らかさの象徴か。

穢《けが》すことにためらいを覚える。だが、他の男に奪われたくない。

貴重な宝物を手に入れるのに似た心境でくちづける。その瞬間、美香は身を堅くしたものの、間もなく力を抜いた。

（ああ、美香ちゃん）

胸の内で呼びかけ、優しく吸う。いきなり舌を入れるなんて真似が、できるはずなかった。

いったん唇をはずすと、彼女が大きく息をつく。呼吸を止めていたらしい。初心《うぶ》な反応に、愛《いと》しさで胸がいっぱいになった。

もう一度唇を重ねる。今度は舌をそっと差し込んだ。

美香は躊躇《ちゆうちよ》することなく受け入れてくれた。

大人のキスのやり方を知っていたのか。それとも、知識とは関係なく、そういうものだと自然に理解したのか。自らのものも差し出して、遠慮がちに戯れさせた。

清涼な吐息をダイレクトに感じる。小さな舌がつれてくる唾液は、さらさらして甘い。

いたいけな少女を相手にするような背徳感が生じる。聡史はそのせいで昂り、柔肌を撫でる手を下降させた。

（ああ、可愛い）

ぷりっとした臀部に触れる。小ぶりに感じるのは、瑞奈や裕美子のたわわな丸みに馴染んだからだろう。

それでも、年頃なりに女らしく発達している。お肉の柔らかさも格別で、しつこくモミモミしてしまう。

「ンぅ」

咎めるように呻いた美香が、唇をはずす。涙目で睨み、

「さわりすぎです」

と、なじった。

「あ、ごめん」

謝りつつも、魅惑の丘から手を離せない。すると、彼女の手がふたりのあいだに入った。

「あ――ううう」

ちんまりした手指が迷いなく捉えたのは、牡のシンボル。くちづけのあいだに硬くなっていたそれが、快さに雄々しく脈打った。

「……よかった」

美香がつぶやく。その声音は、浴室で同じ部分を握ったときと一緒であった。裸で抱き合い、唇を交わすことで、聡史がエレクトしたのに安堵しているようだ。

男を知らない身で欲望を向けられたら、普通は嫌悪を催すのではないか。なのに喜びを覚えるのは、彼女の自己肯定感の低さを如実に表している気がした。

要するに、何をやっても褒められなかったため、自分に昂奮してくれただけでも嬉しいのだ。女として認められたのだから。

いじらしいというより、不憫《ふびん》でたまらなくなる。それでも手を動かされると、快感に喘いでしまう。

「み、美香ちゃん」

「何だか、この前よりも大きいみたいです」

彼女は、たった今ファーストキスを済ませたばかりなのだ。いたいけなバージンにそんなことを言われて、昂奮しない男などいるものか。

「おれもさわるよ」

全身が熱く火照るのを覚えつつ、同じように股間へ手を差しのべかけたものの、

「だ、ダメッ」

あと十センチというところで拒まれてしまった。

「え、どうして？」

「だって……恥ずかしい」

泣きそうな顔での訴えに、無理強いできなくなる。

「でも、ちゃんと濡らさなくちゃいけないし」

「も、もう濡れてます」

「え？」

「だから、これ、挿《い》れてください」

強ばりを強く握って求められ、戸惑いつつもひとつになりたい思いが湧きあがる。

蒲団の中で抱き合っているから、裸体すらまともに見ていない。挿入前にあちこちをまさぐり、穢れなき花園にも対面したかったが、この様子では無理だろう。何よりも、美香が羞恥に耐えられまい。

（ま、しょうがないか）

聡史は諦め、抱き合ったまま結ばれる体勢になった。仰向けになった彼女に、上から身を重ねる。

美香はペニスから手を離した。脚もあまり開かず、緊張でからだを堅くしているのは明らかだ。年上の男を処女地に導く余裕など、少しもなさそうである。

まあ、初めてだから仕方ないのだが。

（本当に挿れられるのか？）

正直不安だったものの、ここまで来てやめられるはずがない。

「もうちょっと脚を開いて」

指示すると、ようやく腰を割り込ませられるだけのスペースが空く。聡史は分身の根元を握り、切っ先で女芯をまさぐった。

（ここかな？）

湿った裂け目に沿って、亀頭がすべる感覚がある。本人が言っていたとおり、そこは濡れていた。

ただ、挿入するには愛液が足りない気がする。何しろ、処女膜を切り裂かねばならないのだ。

聡史はペニスを上下に動かし、尖端で恥割れをこすった。快いのか、美香の喘ぎがはずみだす。

「あ……ンぅ」

色めいた声に、このまま続ければ何とかなるかなと思ったものの、

「は、早くしてください」

彼女が切なげに訴える。感じるところを見られたくないようだ。

「わかった」

聡史自身も、初めてを奪いたい気持ちが高まっていた。濡れた窪地の中心に穂先をあてがい、ここだなと見当をつける。

「挿れるよ」

声をかけると、美香が無言でうなずいた。牡器官はちゃんと入り口を捉えているのだろう。

とにかく慎重にと、じりじり進む。めり込んだ亀頭が、狭いところを徐々に広げる感触があった。

「つ——」

美香が顔をしかめる。処女膜が侵入物に抵抗しているのか。実際、はじき返されるような感触があった。

しかし、ここで怯んだらおしまいだ。目的を遂げるためには、心を鬼にして進まねばならない。それが彼女のためでもある。

聡史は胸の内で（耐えてくれよ）と励ましながら、分身を狭まりに送り込んだ。

「……い、痛い」

とうとう美香が音をあげる。やめるわけにはいかないから、聡史は進んだ。亀頭が半分ほど膣口にもぐって快さにひたっており、もっと気持ちよくなりたかった。

何よりも、彼女を自分のものにしたいという征服欲が、意識せずに高まっていた、是が非でもという思いから、いつしか鼻息も荒ぶる。もしかしたら、目も血走っていたかもしれない。

そのせいで、美香はますます恐怖に駆られたようだ。

「ちょ、ちょっと待って」

制止の言葉も無視して、強ばりを処女地にねじ込もうとする。「イヤイヤ」と抗う声も耳を素通りした。

「お、お願い。痛いの。アソコがジンジンするのぉ」

涙を流しての訴えは、かえって聡史を昂奮させた。それにより、征服欲が満たされるようだったのだ。

おかげで、性感曲線も右肩あがりとなる。女芯と接触しているのは先っぽだけなのに、ペニスは強烈な疼《うず》きにまみれていた。

もはや彼女の中に入らないことには収まりがつかない。

（もうちょっと――）

熱気で顔が火照る。是が非でもバージンを貰うのだと、聡史は二十一歳の娘に全体重をあずけてのしかかった。

ぬるッ——。

亀頭が熱い潤みに入り込む。目のくらむ歓喜が、全身に行き渡った。

そのとき、

「イヤッ！」

美香が最大限の抵抗を示す。強い力で、聡史の胸を押し返したのだ。

「あっ」

不意打ちを喰らって、腰の位置がずれる。はまりかけたはずの秘茎が、蜜穴の入り口からはずれた。

同時に、オルガスムスの波が襲来する。

「うあ、あ、ああっ、くううう」

聡史は呻き、ドクドクと射精した。愛しいひとの秘苑めがけて、粘っこい体液をほとばしらせる。

「え？」

いったい何が起こったのか、美香はすぐにはわからなかったらしい。だが、股間に降りかかる温かなものと、年上の男がゼイゼイと呼吸を乱すことで、昇りつめたとわかったようだ。

何しろ、かつて自らの手で頂上に導いたのだから。

蒲団の中に、青くさい匂いが立ちこめる。それによって物憂い気分が煽られ、聡史は快感どころではなかった。

(ああ、出ちまった……)

完全なる失態だ。情けなくて、自己嫌悪にも苛まれる。美香を気遣ってやれなかったことにも、今さら申し訳なさが募った。

「……田倉さん？」

怖々と呼びかけられても、何も言えない。これが自分の家でなかったら、きっと外に飛び出して、二度と戻らなかったであろう。そのぐらい落ち込んでいたのである。

3

「まったく、見ちゃいられないわね」

突如聞こえた声にギョッとする。半ばパニック状態で顔をあげると、いつの間にか部屋の中にもうひとりいた。

ここへ来た初日と同じく、薄手のナイティをまとった彼女は、お隣の未亡人、沙月であった。

「キャッ」

美香が悲鳴をあげ、蒲団の中にもぐり込む。聡史もそうしたかったが、先を越されたためにできなかった。

「沙月さん、ど、どうしてここに？」

「夜這いに来たんだけど」

隠すことなく、理由を簡潔に述べる。ということは、たまたま美香との現場に遭遇したから、コトが終わるまで見守っていたというのか。

「聡史さんの家に来たら、美香ちゃんが中に入るのが見えたの。聡史さんの晩ご飯を作ってたのは知ってたけど、時間が遅いし、思い詰めた感じだったから、何かあったのかと思って話を聞かせてもらったわ」

要は盗み聞きをしていたのだ。ふたりのあいだに何かあるようだと察して、様子を窺うことにしたのだろう。

（てことは、おれが美香ちゃんにプロポーズしたところも？）

顔が熱く火照る。詳細に記憶しているわけではないが、かなり気恥ずかしい台詞を口にしたのではなかったか。

沙月は村に来て、初めて深い関係になった女性である。セックスの本当の良さを教えられ、そのときは感謝の気持ちを抱いた。

けれど、今は羞恥の反動から苛立ちを覚える。

「美香ちゃん、出てきて」

未亡人に声をかけられ、美香が怖ず怖ずと顔を出す。ひと付き合いの限られた村だし、ふたりは顔見知りのようだ。

「初体験がうまくいかなかったのは、美香ちゃんの責任でもあるのよ。そりゃ、初めてで恥ずかしかったのかもしれないけど、聡史さんにほとんど何もさせずに、オチンチンを挿れさせようとしたでしょ。ちゃんと濡れてなくて、からだも準備ができてなかったから、痛いのも当然だわ」

男女の行為が始まったあと、沙月は家の中で聞き耳を立てていたらしい。そんなことまでする権利はないと、本来なら怒るところなのに、

「はい……ごめんなさい」

美香が素直に過ちを認めたものだから、聡史は驚いた。

(おれたちがしてたのを、沙月さんはずっと聞いてたんだぜ？)

それどころか、戸を開けて覗いていた可能性だってある。なのに、どうして許せる

のか。

やはり牝神村にプライバシーは存在しないようだ。ほとほとあきれる聡史であったが、美香が安堵の面持ちを浮かべていたものだから啞然となる。まるで、救いの神が現れたみたいに。

(おれと沙月さんが関係を持ったのも、美香ちゃんはわかってるんだよな)

夜這いに来たと、お隣の未亡人ははっきり言ったのである。これが一度目ではないことも、容易に察したはずなのだ。

にもかかわらず、少しも気にかけていない。男性経験がなくても、村の風習について理解しているというのか。

何も取り柄がないと村に残れない、また、女性が大切にされるのは、村の繁栄に寄与しているからだとも美香は言った。牝神村は女性あっての村だとわかっているから、沙月の行動も認めているのだろうか。

(てことは、おれと美香ちゃんが結婚したあとも、沙月さんが夜這いに来たら迎え入れるんだろうか)

夫が他の女とセックスするのも許すのか。そんなことを考えていたら、

「わたしが手伝ってあげるから、今度はうまくやるのよ」

沙月の言葉に、美香が「お願いします」と答える。

（マジかよ……）

聡史は困惑せずにいられなかった。


（うう、こんなのってないよ）

聡史は羞恥に苛まれ、身を縮めた。一糸まとわぬまま仰向けにさせられたばかりか、その姿をふたりの異性——両脇に膝をついた美香と沙月に見られているのだ。放出した体液の後始末をされたあと、俎上《そじょう》の魚に成り果てたのである。

まあ、さっきはちゃんと見られなかった美香のオールヌードを拝めて、その点はよかったけれど。

抱き合った感じから、乳房のサイズが控え目なのはわかっていた。実物を確認すれば、思春期の少女みたいなふくらみだ。かたちも低い円錐形である。

この様子だと、秘毛もかなり薄いのではないか。勃起をこすりつけたときも、ヘアの感触はほとんどなかったから。

今は彼女を横から見ているため、残念ながらそこまでは確認できなかった。

「精液を出したから、オチンチンも元に戻っちゃったわね」

陰毛の上に横たわる秘茎を、沙月が二本の指で摘《つ》まむ。くすぐったいような快さが生じ、反射的に腰をよじったものの、直ちに復活とはならなかった。

「これを大きくしなくちゃいけないいんだけど、どうすればいいのかわかる？」

未亡人の質問に、正座した美香は生真面目な面持ちで、

「ええと、手で」

と、短く答えた。

「それもいいんだけど、もっと手っ取り早いのは、おクチで気持ちよくしてあげる方法よ。知ってるでしょ、フェラチオ」

これに、美香は頬を赤らめながらもうなずいた。処女なのに手で射精に導いたぐらいだから、そのぐらいの知識はあって当然だ。

「じゃ、やってみて」

実行を指示されたのには、さすがに怯む。

「でも、わたし、したことありません」

「もちろんわかってるわ。誰にだって初めてはあるんだし、挑戦しないことには何も始まらないわよ」

「……だけど、難しいんですよね？」

「そんなことないわ。気持ちよくしてあげたいと思っておしゃぶりしてあげれば、男のひとはちゃんと喜んでくれるの。テクニックなんか関係ないわ」

そこまで言われて、美香は決意を固めたようである。

「わかりました。やってみます」

沙月が指を離すと、代わって手をのばす。同じように二本の指で摘まむと、間を置かずに顔を伏せた。

チュッ——。

先端にキスをされ、ゾクッとする悦びが背すじを駆け抜ける。

「うう」

呻くと、美香が横目でこちらを見た。反応があったことで、続けていいのだと悟ったらしい。包皮を剝いてくびれまであらわにした亀頭を、迷わず口に入れた。

「あ、あっ」

たまらず声を出したのは、快感のせいばかりではない。純情な彼女に、ここまでさせていいのかと思ったからである。股間はウェットティッシュで清めたものの、不浄の部分であることに変わりはないのだ。

ところが、美香はまったく躊躇していない。キャンディーでも味わうみたいに、まるい頭部を口の中で遊ばせる。ピチャピチャと無邪気な音をこぼして。

(うう、気持ちいい)

罪悪感と背徳感も、今や悦びのエッセンスでしかない。聡史は呻き、腰を震わせた。爪先でシーツを引っ掻き、太い鼻息もこぼす。

「そうよ。じょうずじゃない」

沙月の励ましに、美香が嬉しそうに目を細める。秘茎も徐々に容積を増していた。

「あのね、タマタマのところも優しく揉んであげると、男のひとは感じるのよ」

アドバイスに従い、小さな手が陰囊を包む。牡の急所だとわかっているのか、優しいというよりは慎重に触れる感じである。

おかげで、焦れったいようなムズムズ感を与えられる。身悶えせずにいられない。気持ちいいよりはくすぐったいに近いのに、その感覚がペニスをしゃぶられる快さを高めてくれるのだ。

(うう、タマらない)

胸の内で駄洒落《だじゃれ》をつぶやき、全身に行き渡る愉悦の波にひたる。そうなれば、完全勃起は目前だ。

「ん?」

美香が目を白黒させる。膨張速度が急角度で増したため、舌づかいがついていかなくなったらしい。

「ぷは──」

赤みを帯びた肉器官を吐き出し、手でしごく。より強い刺激に、海綿体が限界まで血液を満たした。

「あん、すごい」

手の中で脈打つものに、処女が驚嘆の眼差しを注ぐ。手で射精させ、さっきも膣に迎え入れようとしたものの、怒張した陽根を目の当たりにするのは初めてなのだ。

「オチンチン、どう？」

沙月に感想を求められ、美香がコクリとうなずく。

「おっきいです。それに、とっても硬い……」

巻きつけた指に強弱をつけ、漲り具合を確かめる。それもまた快くて、聡史は喘がずにいられなかった。

「ほら、聡史さんはすごく気持ちいいみたい。ずっといじってたら、また射精するかもしれないから、そのぐらいにしておいたら？」

沙月の指摘に、美香は慌てて手を離した。もっとも、すぐにイッてしまうほど切羽詰まっていないし、もうちょっとさわってほしかったというのが本音である。

「じゃあ、次は美香ちゃんが気持ちよくしてもらう番ね」

次の展開を示され、自分のことはどうでもよくなった。

(今度は、おれが美香ちゃんのを——)

聡史は急いで身を起こした。

交替して蒲団に仰向けで寝そべった美香は、脚を開くように言われると、涙目で首を横に振った。

「は、恥ずかしいです」

股間も両手でしっかり隠している。

「ダメよ。美香ちゃんは、聡史さんのオチンチンをしっかり見たじゃない。自分だけイヤだなんて、虫がよすぎるわ」

「でも……」

「聡史さんは、美香ちゃんを気持ちよくしてあげたいの。そうすればいっぱい濡れて、オチンチンを挿れやすくなるのよ。そのぐらいわかるでしょ」

「……はい」

「だったら手をはずしなさい」

年上の熟女に命じられ、美香は観念したみたいに従った。瞼をしっかり閉じて、秘められたところをあらわにする。自分から脚は開けなかったようであるが、沙月が膝を大きく離しても抵抗しなかった。

（これが美香ちゃんの──）

暴かれた処女地に、聡史の胸は感動で震えた。

予想したとおり、秘毛は淡かった。ヴィーナスの丘に、疎《まば》らにぽわぽわと萌えるのみ。一本一本も細くて、簡単に毟《むし》り取れそうだ。

おかげで、恥芯の佇まいもあからさまである。

秘肉は色素の沈着が薄く、ぷっくりと盛りあがっている。その中心を縦に刻むスリットは、陰核包皮と花びらの端っこを、わずかにはみ出させていた。全体に未成熟な眺めである。

仰向けだと、おっぱいも平らに近い。可憐でありながらも痛々しく、こんな子の初めてを奪っていいものかと、ためらいを覚えずにいられなかった。

一方で、いたいけなヌードに劣情がふくれあがったのも事実である。未亡人に人妻、バツイチと、村に来て男に慣れた女性ばかり相手にしてきた反動なのだろうか。

「可愛いオマンコ……」

沙月のつぶやきが耳に入り、ドキッとする。まさか彼女までも、禁断の四文字を口にするなんて。

「さ、気持ちよくしてあげて」

促されて、何をするべきなのかを思い出す。美香の脚のあいだに膝を進めた聡史は、晒されたバージンに顔を近づけた。

ふわ……。

控え目なチーズ臭が漂う。ペニスと同じく、そこもウェットティッシュで清めたはずなのに、すでに本来のかぐわしさを取り戻しているようだ。ほのかな熱気も感じられる。

(おれのをしゃぶりながら、昂奮したのか?)

肉体は、すでにその気になっているようだ。さりとて、さっきの抵抗を思い返すに、もっと濡らさねばならない。

「あ、あんまり見ないでください」

美香が声を詰まらせ気味に言う。目をつぶっていても、敏感なところに視線を感じるのか。あるいは鼻息がかかったのかもしれない。

だったら見ていないで舐めてあげようと、聡史は清らかな秘芯に口をつけた。

ピクン――。

平坦な下腹が波打つ。何をされたのか、まだ理解していない様子だ。

その証拠に、聡史が舌を動かして初めて、美香は声をあげた。

「イヤッ、だ、ダメっ！」

身をよじって逃げようとするのを、腰をがっちり固定することで阻止する。

「ほら、じっとしてなさい」

沙月も美香の両手首を摑み、たしなめてくれた。それでも、じっとしているなんて無理だったようだ。

「ダメです、そんなとこ舐めちゃ。き、キタナイのに」

牡の性器は平気でしゃぶったのに、自分のそこをねぶられるのは抵抗があるのか。

もちろん聡史は、汚いなんてカケラも思っていない。

舌を裂け目に差し入れ、わずかな粘つきを舐め取る。代わりに唾液を塗り込め、クチュクチュとかき回した。

「あっ、あ――」

美香が声をはずませる。艶めいた響きを感じ取り、舌づかいに熱が入った。

「ああ、だ、ダメなのぉ」

る様子だ。

譫言《うわごと》みたいに嘆き、内腿と下腹をピクピクとわななかせる処女。明らかに感じてい
「気持ちいいでしょ。聡史さんにオマンコを舐められてるのよ」

沙月の有りのままな指摘に、美香が「ああ」と嘆く。それでも、敏感な花の芽を探り、舌先でチロチロとはじくと、

「きゃふッ、フ――うううう」

より色めいた反応があった。

包皮に隠れがちなクリトリスは、根元に何かが付着していた。ボロボロと剝がれる細かなカスは、おそらく恥垢《ちこう》であろう。セックスを経験していないから、性器をきちんと洗えていないのだろうか。

だが、不快感は微塵もない。むしろ処女の秘密を暴いて大昂奮であった。

(おれは美香ちゃんのすべてを知ったんだ!)

嬉しくて情愛も高まる。もっとはしたない声をあげるまで感じさせたい。

敏感な尖りをねちっこく吸いねぶる。聡史は彼女を絶頂させるつもりだった。一度絶頂したら女芯もほぐれ、受け入れやすくなるに違いないと。

「も、もういいの……いっぱい濡れてるのぉ」

美香がイヤイヤをするように身を揺すったのは、昇りつめるところを見られたくないからであろう。つまり、イキそうになっているのだ。

もう少しだと一点集中で舌を律動させていると、背後からちょっかいを出される。

沙月が股のあいだから手を入れ、ペニスを握ってきたのだ。

「すごいわ、ガチガチじゃない。美香ちゃんのオマンコを舐めて昂奮してるのね」

恥ずかしい指摘に耳まで熱くなる。しなやかな指も快く、腰をくねらせずにいられなかった。

聡史は素っ裸で身を屈め、尻を背後に突き出していた。未亡人の存在を忘れて、羞恥帯を晒す無防備なポーズだったのである。

(だからって、何も邪魔しなくたって……)

心の中で憤慨したものの、沙月はそんなつもりではなかったようだ。

「美香ちゃんだけじゃなくて、聡史さんもいっぱい濡らさないとね」

いったん手をはずし、次にペニスを握ったときには、ほの温かくてヌルヌルするものを塗りつけられた。どうやら唾液らしい。

クチュクチュ……。

強ばりに巻きついた指が動き、卑猥な音が立つほどにしごかれる。悦びが高まり、聡史は鼻息を荒くして秘芯ねぶりを続けねばならなかった。

(……そんなにされたら、セックスする前に出ちゃうよ)

執拗な手コキのせいで、全身に甘美な震えが生じる。沙月は両手を使い、何度も唾をなすりつけているようだ。

「むっ、む、むふふぅ」

聡史が熱い息を処女の陰部に吹きかけたのは、新たな刺激を与えられたからである。

「これも気持ちいいでしょ」

未亡人の声が陰嚢を震わせる。何と、縮れ毛まみれのシワ袋に口をつけられたのだ。

(ああ、そんな)

申し訳なくて、尻を振って逃れようとする。けれど、肉根をしっかり握られているために動けない。シワの一本一本を辿るみたいに、丹念に舌を這わされてしまう。

しかも、それだけでは済まなかった。

「ううううっ」

目のくらむ歓喜に、聡史は呻いた。沙月の舌が会陰を辿り、アヌスにまで至ったのである。

(だ、駄目だよ、そんなところ)

排泄口まで舐めさせるわけにはいかない。尻を上下に振り立て、必死の抵抗を試みるも、

「こら、じっとしてなさい」

太腿をぴしゃりと叩かれてしまった。

「聡史さん、瑞奈さんや裕美子さんのおしりの穴を舐めたんでしょ。だったら、自分がされてもかまわないわよね」

衝撃と言っていい指摘に、聡史は激しく混乱した。

（ど、どうしてそのことを、沙月さんが知ってるんだ⁉）

やはりこの村の女性たちは、男との行為の詳細を、包み隠さず打ち明けあうのだろうか。誰とでも話すわけではないにせよ、これではプライバシーどころか、どんな秘密も持てそうにない。

（ていうか、今の美香ちゃんに聞かれたんじゃ——）

聡史が隣の未亡人ばかりか、人妻の瑞奈、バツイチの裕美子とも関係を持ったこと、さらに彼女たちの肛門まで味わったと知ったら、さすがにショックを受けるのではないか。そんな男にバージンはあげられないと。

幸いにも、美香はずっと喘ぎっぱなしだ。沙月の話は耳に入っていなかったらしい。

未亡人の口淫奉仕に引き込まれぬよう、聡史は気を引き締めてクンニリングスに集中した。おかげで、美香が順調に高みへとのぼる。

「た、田倉さん、わたし」

声を震わせ、すすり泣く。いよいよ最終局面が迫っているようだ。

「聡史さんも、美香ちゃんといっしょに気持ちよくなりなさい。でも、射精しちゃダメよ。オマンコに挿れたら、動かなくても出るぐらいになっていてちょうだい。それなら、美香ちゃんも痛がらずに済むでしょ」

そういうことかと、聡史は納得した。処女膜を切り裂かれたあと、ピストン運動で長く苦痛を味わうことのないよう、ペニスを歓喜にまれさせていたのだ。

とにかく美香をイカせなければと、硬くなった秘核を徹底的に攻める。間もなく彼女の息づかいが荒くなり、細腰が浮いては落ちる動作を繰り返した。

(もうすぐだぞ)

自身の上昇を抑えて、一心に舌を律動させる。その直後、

「イヤイヤ、あ、ああっ、ダメぇ」

どこか苦しげでもある訴えを放ち、美香が「はふっ」と喘ぎの固まりを吐き出す。あとはぐったりして手足をのばし、胸を大きく上下させるのみとなった。

（イッたんだ）

やり遂げて、充実感を味わったのも束の間、

「今よ。挿れてあげて」

沙月に声をかけられてハッとする。オルガスムスにひたる今なら、美香も抵抗する余裕はあるまい。

「ほら、早く」

ペニスに巻きついていた指が離れる。未亡人の唾液で濡れたそれを握り、聡史はいたいけなボディに重なった。

肉槍の穂先をあてがえば、絶頂したばかりのそこはヒクヒクと息吹いている。温かな蜜もたっぷり溢れていた。

（よし、ここだ）

迷うことなく、穢れなき密園へ身を投じる。

「あああッ！」

美香が悲鳴をあげる。愉悦に漂っていても、痛みまでは誤魔化せなかったらしい。

剛直は熱い淵の中で、快い締めつけを浴びている。無事に結ばれたのだ。

「うん。オチンチンが、ちゃんとオマンコに入ってるわ」

その部分を覗き込んだ沙月が、生々しい報告をする。それを聞いて、美香も自身の状況を理解したようだ。

「……わたしたち、結ばれたのね」

涙目で聡史を見あげ、感激をあらわにする。破瓜《はか》の痛みで、頬がわずかに引きつっているものの、それよりは喜びが大きいのだとわかった。

(ああ、なんて可愛いんだ)

健気《けなげ》で、思いやりがあって、一途な女の子。まさに理想的なお嫁さんだ。

「美香ちゃん――」

情愛に駆られて、聡史は唇を重ねた。舌を差し入れ、深いところで絡ませる。

「ん、むぅ」

彼女も小鼻をふくらませ、懸命に応えてくれる。甘い吐息と唾液を味わい、身も心も深く繋がった心地がした。

「おめでとう。本当によかったわ」

沙月の祝福も、素直に嬉しい。自分ひとりだったら、美香に苦痛を味わわせるばかりで、最後までできなかったであろう。無事に結ばれるよう助けてくれた彼女は、まさに恋を成就させるキューピッドだ。

（ありがとう、沙月さん）

心の中で感謝を述べ、女になったばかりの娘の唇を貪る。重なったふたりの口許は、こぼれた唾でベトベトだ。

「ふは――」

長いくちづけを終えると、美香が深い息をつく。濡れた目で聡史を見つめ、

「田倉さん、大好き」

恥じらいの面差しで告白した。

「おれたちは結ばれたんだから、そういう他人行儀な呼び方はナシだよ」

聡史の言葉に、彼女は《そうね》という顔でうなずくと、

「……聡史さん」

下の名前で呼び、照れくさそうにほほ笑んだ。

女体の中で、分身は雄々しく脈打っている。挿入前にかなり高められていた上に、今も強い締めつけを浴びて、うっとりする悦びを味わっていた。

「美香ちゃんの中、すごく気持ちいいから、おれ、イッちゃいそうだよ」

正直に告げ、総身をブルッと震わせる。

「出るの、アレ？」

美香が真顔になった。

「うん、もうすぐ」

「じゃあ、赤ちゃんができちゃうね」

確信があっての言葉なのか、それとも、セックスをすれば必ず妊娠すると思い込んでいるのか。どっちなのか訊ねようとして、聡史はやめた。せっかく結ばれたのに、無粋すぎる。

「美香ちゃんは、おれのお嫁さんになるんだろ。ふたりの子供を、たくさん産んでほしいな」

「うん」

笑顔でうなずいた彼女に、愛しさが際限なくふくれあがる。聡史はもう一度くちづけをすると、華奢《きゃしゃ》な裸体を強く抱きしめた。もう限界だったのだ。

「う、うう……いくよ」

「は、はい」

「あ、あ、美香ちゃん」

オルガスムスが迫り、じっとしていられなくなる。聡史は身を震わせ、腰を小刻みに動かした。

「う……ああっ」

美香はつらそうだったが、音《ね》をあげなかった。すべてを捧げた男にしがみつき、

「ちょうだい、赤ちゃんのタネ。いっぱい出して」

真摯《しんし》な想いを込めたおねだりをする。

「うん。あ、あ、出るよ」

「くうう、さ、聡史さん」

歓喜の甘い痺れが行き渡る。全身がバラバラになりそうな、めくるめく瞬間が到来した。

「うぐっ、く――ううう」

聡史は呻き、射精した。蕩ける感覚を味わいながら、熱い体液を幾度にも分けて放つ。愛しいひとの子宮口めがけて。

「あ、あ、出てるぅ」

ほとばしりを感じたか、美香が甘える声で告げる。両脚を牡腰に絡みつけ、意識してなのか、蜜穴をキュウキュウとすぼめた。一滴残さず受け入れたいという、切なる気持ちそのままに。

（最高だ――）

かつてなく快く、しかも心が満たされるオルガスムス。からだじゅうが甘美にまみれ、快さが長く続いた。

4

ふたりは汗ばんだからだと息づかいを重ね、初めて結ばれた余韻にひたった。時おり、じゃれ合うみたいにキスを交わしながら。

いつの間にか、沙月の姿は部屋から消えていた。

「美香ちゃん」

呼びかけると、「聡史さん」と答えてくれる。そんなやりとりにも、幸せを感じずにいられない。

ペニスは蜜穴にはまったままだ。一度は萎えかけたものの、抜かずにおいたら勢いを取り戻し、逞しい脈打ちを示している。

「聡史さんの、すごく元気」

美香が悩ましげに眉根を寄せる。

「美香ちゃんのオマンコが、すごく気持ちいいからだよ」

わざと卑猥な言葉を用いると、「バカ」と睨んでくる。すでに他人行基な言葉遣いではなくなっていた。

「少し休んだら、もう一回してもいい？」

訊ねると、彼女ははにかんだ眼差しで「うん」と答えた。

「もう痛くない？」

「だいじょうぶみたい」

答えてから、美香が艶っぽい眼差しを向けてくる。

「わたし、いっぱい突いてもらって、メチャクチャにされたいの」

顔とボディは幼くても、男を知ったことで急速に目覚めたのだろうか。これからが楽しみであり、そら恐ろしくもあった。

(美香ちゃんも、瑞奈さんや沙月さんたちみたいに、積極的に男を求めるようになるんだろうか……)

ふと心配になる。まあ、彼女は一途なようだし、ちゃんと相手をしてあげれば大丈夫だろう。というか、そうであってほしい。

そのとき、聡史は不意に思い出した。

「あのさ、村の掟っていうか、移住者に向けた注意事項の中に、村の行事には積極的に参加するようにってあったんだけど」

「うん」

「行事って、何か特別な催しでもあるのかな？」

この質問に、美香はちょっと考えてから、

「それってお祭のことかしら……」

独りごちるように言った。

（ああ、祭か）

田舎だから、きっと盛大にやるのではないか。神輿《みこし》を出したり、郷土芸能を披露したり。おそらく秋ぐらいに、豊作を祈願して行うのだろう。

「祭か……楽しみだなあ」

聡史が言うと、なぜだか美香がうろたえる。

「う、うん。そうだね」

目を泳がせ、どうも落ち着かない様子だ。

「祭って、どんなことをするの？」

質問すると、彼女はますます狼狽《ろうばい》をあらわにした。

「そ、そのうちわかるわ」

そう答えてから、顔をしかめる。

「いけない。お祭のこと、すっかり忘れてた……」

つぶやいて、泣きそうになる。どうやらひと筋縄ではいかない催しのようだ。

（まさか人柱を立てるような、残酷なやつじゃないよな）

思いかけて、さすがに違うなと打ち消す。ただ、女性が祭の主役だろうというのは、何となく想像がついた。

（ひょっとして、その日は女性たちが、男たちを好きに弄ぶんだとか）

浮かんだ想像を察したみたいに、美香が強ばった笑顔を見せた。

「ね、聡史さん、もう一回しよ」

首っ玉に縋《すが》りつき、唇を奪う。積極的な振る舞いが嬉しくも、ちょっぴり不安を覚える聡史であった。

（了）

＊本作品はフィクションです。作品内の人名、地名、団体名等は実在のものとは関係ありません。

長編小説
淫《みだ》ら村《むら》のしきたり
橘《たちばな》 真児《しんじ》
2023年7月10日　初版第一刷発行

ブックデザイン……………………… 橋元浩明(sowhat.Inc.)

発行人…………………………………………後藤明信
発行所…………………………………株式会社竹書房
〒102-0075　東京都千代田区三番町8－1
三番町東急ビル6F
email：info@takeshobo.co.jp
http://www.takeshobo.co.jp
印刷・製本………………………中央精版印刷株式会社